土方歳三

われ天空にありて

七浜《ななはま》　凪《なぎ》

明窓出版

幼い頃から、土方歳三の話を語り聞かせてくれた父に、感謝を込めて。

私が世を去って百四十年。

私は今、肉体を持たないこの身で天空から下を見ている。

私が生きていたのは、時が、徳川の世から維新軍が掲げる「新しい世」へと移り変わろうとしていた頃の話だ。あの激動の日々を振り返るに、無我夢中で走りぬけた長い、長い日々は、こうして世から離れ、宙に漂っている身にはわずか一瞬の走馬灯でしかない。手に握る小さな星屑ほどもない一生。生きているうちにそうと知っていれば、もう少しゆっくりと、気楽に生きたものを。今あるこの記憶さえ、やがては幻の一つとして霞んでいってしまうものだから、まだ意識が残っている今、この手からその記憶を手放す前に思い返してみたくなった。


武蔵国。

それが私の生まれた地。私は人とはあまり馴染めない子供だった。おそらくそれは、私が持つ独特の気性に所以する。幼き頃はそれでも、武士の家ではなく豪農の家に育ったことが幸いしてか、何の不都合も感じずに生きていた。父は私がこの世に生まれ出た時にはすでに亡く、母も私が幼い頃に死んだ。育ててくれたのは、たくさんいた兄姉と親戚だった。

何かがおかしいと感じるようになったのは、十四、五歳になってから。経験のためと言われ奉公にも出るには出たが、生家が裕福である上、人といることが苦手なこの気性では外の暮らしに溶け込めるわけもない。その時になって初めて私は、自分がひどくやっかいな持ち物を持っていることに気づいたのだ。

手に取ることのできない無形のものが、色となって見える眼。

人の思いや気の流れが、色をなして映る眼。

そのために私は、人間が嫌いになった。

自分自身はありありとそこにあるのに、そのままでは受け入れられない世界に、私はいた。毎日忙しく立ち働く奉公先の者たちは、仕事も人間も各々に見えて、奇妙な輪の中で結びつきながら生活していた。そこに見られる生活とは、どの奉公先でも繰り広げられているあたりまえの光景だったにちがいない。だが、私には見えた。笑顔の中に隠された感情がぐるぐる回って、腹の中で沸々とたぎっている。暗褐色が交じり合いどろどろになった色。

それは普段、その者たちが見せる表情や行動や言葉のどれともちがう、密かに体内で織り成されている色だった。じくじくと発酵し、腐敗しかかった思いの澱。なんとなくきれいに回っているように見える大きな輪はまやかしだ。その基幹に流れるぬめりの気持ち悪さに、いつもむかむかしていた。

――なぜ、隠す。なぜ、偽る。なぜ、笑える。

皆が大きな輪に入り、一緒に回っている。私はその輪に入るために自分を捻じ曲げ、抑えつけて人と交わることはどうしてもできず、しかたがないから、ありのままでいた。

人は私を忌み嫌った。歩み寄り、輪にならない者は敵とばかりに。そして様々な悪しき思いと溜まった鬱憤《うっぷん》を、器用に次々と飛ばしてきた。私は、嫌われている。私は、受け入れられない。そうだろう。私は愛想笑いもできなければ、嘘もつけないのだから。

そんなものなのだ、と思いながら耐える日々は、頭でわかろうとしても心が悲鳴をあげた。人は気味の悪い輪の中で他愛なく笑い、悲しみ、怒り、「辛い、辛い」と口では言いながら実は楽しそうに日々を生きている。私にはそれができない。

息苦しい。苛々する。憎悪に似た怒り。

自分は皆と同じように生活することが困難なのだと、その時知った。

私から出ている波長のようなものはたいてい人を遠ざけたが、一方で、その網の目をぬって時に男も女も、まるで病にでもかかったかのように執拗に私にのめり込もうとした。

異質なものをいじくりまわしておもしろがりたいのか、それとも、私から何かを奪い取れると思うのか。いずれにせよ、それらの者たちには自分が飛ばした思いの本質を見極める力などなく、ただただ、未消化の己をわけもわからず吐き出しているだけだった。まるで私に、すがりつくように。悪臭漂う、吐棄物《とき》の色。それが私に絡み付いてくる。疎《うと》ましかった。冗談じゃない。彼らは、すがる相手をまちがえている。男の身で衆道を迫ってくる者までいる始末。私は見目が良い。私は聡明だ。だからといって、そう簡単に吸い取れると思うな。

――寄るな。

ぴしゃりと、気の刀で切る。そんなことを、十四、五歳の時分からやっていた。購《あがな》いきれない己の心の不始末を都合よく人に託そうとする、愚かな者たち。

――私の元へ来るな。

いつもそう思っていた。

やがて。

二十歳を過ぎてから私は、多摩にて剣術の稽古をするようになる。武士になりたかったからではない。自分の中にあるものをそのまま感じると、いつも心の中に一筋の刀のような白銀の光が見え、それをさらに研ぎ澄ませたいという衝動が溢れて止まらなかったからだ。

それが、いつの時でも、何をしていても巡ってきて、私の集中を奪う。皆が、食べることや、日銭を稼ぐことや、単純に今日も生きることに血眼になっているというのに、そのどれもが私を満たすことは決してなく、ふわふわと定まらない奇妙な歪の中でいつも渇いていた。

何度も何度も火にあてて叩き、冷水に浸して研ぎ、また火にあてる。刀を作るその過程の過酷なまでの挑戦が一切の不純物を取り去るように、私は私の中に見る白銀の光をどうしても際立たせたかった。いらぬものすべてを落としたかった。その術として、剣術にのめり込んだのだ。

精神を統一し、呼吸を常に意識して臨む剣の道は、内なる一筋を鍛錬するには最適に思われた。持つ刀がたとえ木刀であろうと、振り下ろす瞬間に自分の白銀が投影される。それを続ければ続けるほど、濁りが消えていく気がした。そして、それを感じるほどに私は、濁りを許せなくなる。芥《あくた》を取り去った透明なもの。純然たる様で強く輝く光。凝視しようとすればたちまち姿をぼやけさせ、気を許せば瞬く間に霧散してしまいそうになるそれに手を伸ばし、必死でつかもうとした。完全に澄んだものを作り上げるために何かを捨てることなど、私にはあたりまえのことに思えた。

「きえいっ！」

気合と共に「ゴッ」と木刀が合わさる重い音が響く。

道場では、私と同じように己を鍛錬しようと集まった者たちが日々稽古に励んでいた。稽古にやってくる者たちは口々に言った。

強くなりたい、相手を打ち負かすために。

名をあげたい、豊かな暮らしをするために。

己の技量を磨きたい、死なずに済むように。

私は彼らの奥の奥から流れてくる微弱の光を感じることができたが、彼らが望むのは己の開花ではなく、その手に得てこそ光ると信じる、自分を飾る外側のきらめきだった。

私は愕然とした。そんなものを得て、何がうれしいのだ。彼らの望むものはすべて、どこかに落ちていると錯覚している夢でしかない。夢は幻。その手につかんだとて、雲のように消えてしまうものなのだ。いくら積み重ねても、人を食らう餓鬼のように永遠に満たされない。強さも名も、修行の先に知らぬ間についてくるだけのもの。真に強くなりたいのなら、名を上げたいのなら、己の魂を磨かなければ無理だ。そして死は、どんなに修行に励もうと、どのみち自分の身に起こる。それでも彼らは、そぎ落とした先の光を見ることより、目に見える幻にすがることを望んでいた。

案の定、稚拙な願望を抱えて進もうとする者は、目の前に据えた自分の傀儡《かいらい》にいつもぐらついていた。思うように剣の腕が上がらないことにあせり、勝負に負けて悲しみ、どうにも越えられない技量の壁に苦しみながら、いつやってくるかもわからぬ死にいつも脅えていた。さらには、中身を満たせないのなら形をと、裏で画策して出し抜き、名を上げようとする者まで出てくる。

私にはそれらがすべて濁《にご》りに感じられた。通っていないゆえの灰色の滞《とどこお》り。抵抗。こだわり。ねっとりとした、思念の淀《よど》み。

――弱すぎる。

彼らは剣術でことごとく私の前に崩れ落ちた。己の光の鍛錬もできない者など、相手にはならない。自分の足で立っていない者は、ちょいと押しただけで重心がずれる。剣の腕など関係なしに、目の前に立った時点で勝負はついている。一刀、一振り。無様《ぶざま》に転げて私を憎み、いらないものをかなぐり捨てて再び這い上がってくるがいい。木刀で斬ることが私にとっての浄化であり、唯一の情だった。

私はどんどん孤立した。皆が私を妖物《ようぶつ》でも見るかのような目で見た。もはや心は揺らぎもしない。口元にわずかな冷笑が浮かぶ。餓鬼である自分を棚上げにして私を鬼と呼ぶとは、ちと虫が良すぎはしないか。だがしかし、それはかえって好都合だった。人間との関わりなど、剣の腕を鈍らせるだけだ。ましてや、濁りの塊のような輩《やから》なら尚のこと。それらが近寄ってきただけで、私は己の空間から遮断する。

――私の中に入ってくるな。出直して来い。

もはや、私に勝てる者などいない。あの二人を除いては。

「歳さん。お相手、お願い致します」

快活な笑顔で私に言う総司。この者だけが、道場の中で唯一、私の空間を邪魔しない。私より十ほども若いこの男は、皆が恐れるのも構わず、いつも私に懐《なつ》いてくる。

初めて総司を見た時、私は、青い閃光が花火のようにこの男の体からあふれ出て、四方八方に飛び出しているのを感じ、驚いた。その光の澄んでいること。流れてくるものはあきらかに私とは異質の、水のようなもの。それは己の光に数多の覆いをかけ小さく凝り固まっている他の者たちの中で、浮いて見えるほどの別世界を作り出していた。

いるではないか、こういう男も。見れば、人間としての総司は至って子供っぽく、この世の何たるやもわかっていない風情で、皆の話に相槌を打ちながらうれしそうに微笑んでいた。

私は直感した。

――この男は強い。

事実、総司の振り下ろす剣には迷いがなかった。それとこれとは別の話だと言わんばかりに、普段の総司と稽古の時の総司とでは、醸し出されているものがちがう。頼りなく、やさしげな呈《てい》の裏に太い筋がきっぱりと走っており、混じりけのない見事な青で満たされている。その青があまりに深く美しいから、むしろ悲しく見えるほどに。

道場で稽古に励む総司は誠に熱心であり、誰に対しても謙虚だった。何を言われても、瞬時に受け入れる広さがあり、それゆえに人から好かれ、かわいがられた。そして、その見かけに騙されて剣を合わせる者は、ことごとく打ちのめされる。なぜなら、この男の光は決して揺らがないから。通っているということは、そういうことなのだ。どんなに弱そうな外見をとっていようと、総司が振る刀からは、清冽な星が飛ぶ。

「歳さん、何をぼんやりと見ているんですか」

「別に」

「みんな、これから蕎麦を食べに行くそうですよ。歳さんは行かないんですか」

「まさか。おまえが行けよ、総司」

「ぼくは今日、稽古場の掃除当番ですから。残って床磨きです」

「ふん」

「そうやってみんなと馴染まないから、人が歳さんのことを鬼って言うんですよ」

総司の言葉には含みがない。それがしごく楽だった。思考を通さぬ単刀直入さでそのままをぶつけてくるから、こちらも自然とそのままを出すことになる。

「ヤツらがオレをそう呼ぶのは別の理由だ。ふん、鬼などと。オレにはあいつらの方がよっぽど妖物に見える。あの淀みをなんとかせねば、剣の腕も上達せんだろうに」

「歳さん、そんなこと言っても、人には伝わりませんよ」

「ほう。おまえは賢い男だな、総司」

「どうしてですか」

「言わずが花、か。つき合いきれんな、こんな世界は」

「またそんなことを言って。歳さんは寂しくないんですか」

「寂しい?! なぜ」

「人とろくに話もしないで。楽しそうな顔をしているところ、見たことないですよ」

「楽しんでいるさ。酒も飲めば女も抱く」

「歳さんは不器用な人ですねぇ。酒を飲んだって、皆のように浮かれることもない。剣術の腕はものすごいのに、人間的にはからきしだ」

「そうさ、人間などわからん。興味もない。それでいい」

「そうでしょうか。人と触れ合うことは楽しいことですよ。いろんなことが見えたり、わかったりする。人のことも自分のことも」

「あの、わだかまりだらけの曇りを見ろよ。それを見て何を学ぶのだ。己の鍛錬をそっちのけで、強くなりたい、名を上げたいなどと。戯言《ざれごと》にしか思われん。頭が悪すぎる」

「強くなりたい、名を上げたい。いいではありませんか。皆一生懸命なのです。稽古に励みながら自分の身の上や家族のことを考えて、必死に戦っているのですから」

「それでよしとする、おまえが賢いのだ。あいつらはただのでくの坊さ」

「知っているから賢くてよいのではなく、愚かだから気づくことだってたくさんありますよ。たとえ目の前のことしか見えなくても、根本にはたどり着かないことでも、みんなやってみないとわからないのが人間なんですから。大事なのは経験です。それが宝です」

「ほう。おまえ、知っているくせにそんな顔で毎日を過ごしているのか。おまえこそ、何のためにここに来た。おまえなら、ほかに成せるものが多くあろうに」

「もちろん、剣の鍛錬のためですよ。ぼくは一人前の剣士になりたいんです。ほかに、ここに来る理由がありますか」

「ふん、食えぬヤツよ」

「食えぬ?! ぼくは食っていますよ、毎日たくさん。歳さんは、人間から栄養をもらうのがヘタだから、そんなに痩せているんですよ。酒を飲んでも、女の人と一緒にいても、歳さんの心には何も留まらずに、流れ出て行ってしまうでしょう? ぼくはちがいます。みんなと一緒に稽古して、お互いのことを話して、人のいろんな心に触れるのが楽しいんです。ぼくはそうやって、ちゃんと人からありがたい栄養をもらっていますからね。あ、あと、団子を食べてもしあわせになれます。だって、おいしいもの」

「おまえ……それなのに、人を斬る稽古をしているのか。おまえは、本当はこんなところになどいないで、子供に学問でも教えていた方が合っているのではないか」

「人を斬るためではなく、自分のために鍛錬しているんです」

「それでも、おまえはこの先、人を斬るのだぞ。わかっているのか?」

「ぼくは大丈夫ですよ、歳さん。心配なのは歳さんの方だ」

その総司の言い方に、微塵《みじん》の迷いもなかったことにたじろぐ。まっすぐな男だ。この若さで、もう見え、知っているというのに。だからこそ、総司の内にある光は刀で人を斬ることとは無縁のものに思え、言い知れない悲しみが湧いた。持っているものはちがうだろうに、それでもここにいるのか。意識があるのか、無意識か。総司の、すべてを飲み込んだ上で人を心配する心が、嘘ではなく本物であることに一種の恐怖さえ覚える。この男は真剣で私と合いまみえ、どちらかが斬られねばならず、その結果が求められる理由に自分が納得した時、きっと剣術の腕など関係なしに、自ら負けるだろう。己の死さえも引き換えにして、何かの一部になる。そういう男だ。


「お~い、歳。次はこいつらの相手をしてやってくれんか」

そうやっていつも私と誰かを戦わせようとする男、近藤さん。

「合わせる前からこのように震えている者たちの、相手をするだけ無駄ではないのか」

「そう言うなよ、歳。こいつらだって剣術の腕を上げたいのだ。強いヤツと手合わせをすれば、学びも大きい」

近藤さんは総司とまったくちがった橙《だいだい》色の光を持つ人間だった。光の純度はまだ鈍く、はっきりと通っているわけでもない。それなのに私の興味を引いたのは、この男が、存外に腕の立つ男だったからだ。

近藤さんは他の者と同じように、名声欲もあったし、強くなることにあこがれを持っていた。そして、自分と他人をいつも同じ場に置くことで人の気持ちに常に臨場した。彼は人が苦しいといえば自分も苦しみ、うれしいといえば一緒に笑う男だった。その分、ともすれば人の感情に振り回され、自分を見失う。情に厚く、情に翻弄される男。そんな近藤さんをたくさんの者が慕った。彼は悩み事や世迷言、それらを全部聞いてやる。わかっているのか、いないのか。彼がうん、うんと頷くだけで、明確な解決策などなくても、たいていのものはなぜか気が済むようだった。

一方で近藤さんは、ただ黙々と、日々、剣術の鍛錬に励んだ。手合わせをした時、何も考えていない時の近藤さんは強い。火事場の馬鹿力のように、自分でも気づかぬうちに爆発的な勢いと集中力を発揮している。がむしゃらに打ち込んだ後、相手が吹っ飛ぶことでふと我に返り、少しはにかんだ顔をする。その後で彼は考えるのだ。自分の鍛錬のほかに、他の者のことを。まるで皆の足並みを同じにしようとしているかのように、彼は、腕の未熟な者や上達の術がわからず考えあぐねている者たちに、率先して場と経験を提供しようとした。

「近藤さん。またヤツらのつまらない悩み事など聞いて。自分で考えさせればよかろう。話を聞いてやっても、悩みの本質が変わるわけではない。それは自分が直面し、決断しなければならないことなのだから。聞けば聞くだけ、ヤツらは判断を他に託す。自分に決着をつけるまでの時間をいたずらに延ばすだけだ」

「あいつらはおまえとはちがうのだよ、歳。まだ年若いのだ。思うことも、迷うことも多かろう。そう簡単に決断などできるものではないさ」

「ふん。ヘタな恩情は剣の腕を鈍らせるぞ」

「そう言うな。オレはな、この国の行く末を考えているのだ。あの者たちもやがては、幕府のために立ち働ける貴重な宝になるのだ。そのためには、時間と根気が必要なのだよ。力あるものを育てていかねば」

「宝！　買いかぶり過ぎではないのか。この国の行く末か、くっくっ、近藤さんは大きなことを言う。これらの駒を使ってそれを成そうとするのか、それはおもしろい」

「笑いたきゃ、笑え。おまえだってそうだ。オレにはわかるのだ。おまえほど剣の腕が立つものはそうはいない。必ず、幕府がおまえを必要とする」

心眼を開いていないからこその、愚かさと無垢を兼ね備えた男。彼は自分の強さを知らない。そして、この国の行く末がどんなに大変なものかも。そのことが私をもどかしくさせたが、反面、この際立つ剣の強さを持っているというだけで、私の気は済む。通っていればいいのだ、一つでも。


近藤さんの読みが当たったとは思えないが、時代は動いていた。

小さな道場の名も無き剣士に過ぎずとも、志のある者ならば、己を上げて激流に身を投じ頭一つ出さなければ、移り行く過去と共にこの世の塵《ちり》に成り果てる時代。迫り来る動乱の気配に市井《しせい》の者たちは脅え、殺伐とした空気の中、息を潜《ひそ》め暮らしている。

我らに、選択は二つしかなかった。

立ち向かうか、否か。

薩長の侵略を恐れた徳川幕府は、対抗する勢力を固めるべく、新たな幕府守護の目印を求めた。浪士たちがそれぞれに集い、各々の意義を唱えながら力を誇示しようとする中、近藤さんも例には漏れず、道場を出て精鋭たちを厳選し形づくりに動いた。

同じ幕府警護のくくりを掲げていても、思想や野望のちがいは闘争を生む。

文久三年（一八六三年）

紆余曲折の末に台頭したのは、京都での将軍警護を主張し続けた「壬生《みぶ》浪士組」。近藤さんと総司、そして私もいた。それだけ、近藤勇率いる剣士たちの力量は群を抜いていた。

一目置かれた強みか。近藤さん始め、これから始まる戦に意気揚々と雄叫びを上げて盛り上がっている壬生浪士組の者たちをみて、私はやれやれと思っていた。この者たちは、これから自分の身に起こることが何なのかわかっているのだろうか。戦だぞ。それを、まるで焦がれているように頬を高潮させている。その心意気がいつまで持つか。この中に、幕府の真の体制と、薩長の思惑《しわく》と、自分の身の行く末をわかっている者がどれほどいるというのか。

そんな中、総司だけが冷静だった。皆と共に盛り上がり、士気を高めているように見えて、この男は何か別のものを見ていた。

「歳さんは、うれしくないのですか。皆さんは幕府に召抱えられた幸福を思う存分、味わっているようですよ。禄だってもらえる。これで一つの形ができたのです。まさか私たちの身にそんなことが起こるなんて、思ってもいなかったでしょう？　みんな、ほっとしているんですよ。一生懸命、剣術の稽古に励んできた甲斐がありましたね」

「おまえは、そう単純に喜んでなどいないだろう」

「喜んでいますよ！　大変な名誉ではありませんか」

「あっはっは。おまえが名誉などに振り回されるタマかよ。皆と共にうれしそうにしていながら、傍らで心から流れているその痛みは何なのだ」

「……」

「案ずることはない。オレにはそんなことを語る相手は誰もおらぬからな」

「歳さんには隠せないな」

「おまえは、この先を見ているのだろう。これから起こるうねりが、おまえには見えるのだな」

「ええ」

「あいつらが喜んでいることは、あいつらが最も恐れていることと一緒にやってくる」

「みんなが……戦で死ぬとは限りませんよ」

「気休めを言って何になる。総司！」

「はい」

「放っておけ」

「え……」

「どんなに心配したとて、おまえには、ヤツらは救えない。おまえだけでなく、誰にもな。

皆、自分で向き合い、戦うしかないのだ。他の者の学びを邪魔するな。自分の身を立たせることだけ考えろ」

「わかっています。ぼくの痛みは勝手に心から流れるもの。それだけです。今もこの先も」

総司の色が、青から藍に近くなる。情ではなく、慈悲か。それもまた真に総司の中にあるものだと知っていた。そんなもの、人間ではない神や仏が持っていればいいのだ。それなのに、そんなものを抱えて人間として生まれ、人と関わって生きたりするから、この男は人のためにいらぬ魂の涙を流す。


その夜、近藤さんが私を部屋に呼んだ。

「歳、オレは色々と考えたのだ。京都守護職・松平容保《かたもり》公がオレたちに命じたのは、尊皇攘夷派浪士たちの不逞行為の取り締まりと市中警護だ。だがな、この壬生浪士組をゆるぎない形にするためには、まず内側から固めねば。きちんとした隊規を作らねばならないと思う。どうだ」

「隊規、ねぇ」

「会津藩お預かりのお墨付きがある以上、これからこぞって志願者も来よう。抱える隊士も増えるだろう。ただでさえ、色んな輩《やから》がいるからな。おまえだって知っていよう。腹の中で何を考えているかわからぬ輩もいることを。銘々が好き勝手に動いていたのでは統制が取れなくなる」

「一つ、聞きたい」

「なんだ」

「近藤さんは壬生浪士組をどうしたいのだ。あるだけで十分なのか、それとも、その働きをもって、真に幕府を守る一角の隊にしたいと思うのか」

「歳、そんなものは聞くまでもあるまい。オレはこの壬生浪士組を歴史に名を馳せる一団としたいと思っている」

「それは並大抵のことではないと思うが、それをやる覚悟はあるのか」

「当たり前ではないか」

「あるのだな」

「おう」

「近藤さんがそう思うなら、隊規を作ればいい。せっかく道場から出世して、烏合の衆なりにも少しはものになる隊士を集ったのだ。むざむざ潰す手はあるまい。だが、作る以上は、それを守らねば意味がない。そこを徹底しなければ、どのみち統制は取れまい」

「ああ、もちろん。厳守することが前提だ」

「厳守が前提なのだな」

「ああ、そうだ」

「オレは無駄なことはしたくない。だからもう一度だけ聞く。壬生浪士組をそれなりの働きができる隊に作り上げるのだな。そして、そのために隊規を作るのだな」

「おう！」

「それならオレは、それを守らせるために働こう」

「そうしてくれるか、歳。それは心強い。頼むぞ」

「ああ、いいさ。その代わり、隊規の最後にこれを加えてくれ。守らねば、死をもって罰す、と」

近藤さんはしばし考えてから、諾《だく》と言った。この人は隊規たるものの本当の意味を知らない。そして、本当の怖さも。人間を統制するためには、形や気持ちだけではダメなのだ。

今は立ち上げの時。士気盛んで、体中が誇りとやる気で漲《みなぎ》っている時だ。先のことなど、考えには及ぶまい。だが心配することはない。「この先」は直にやってくる。その時、見ればいい。

一、　士道ニ背キ間敷事
一、　局ヲ脱スルヲ不許
一、　勝手ニ金策致不可
一、　勝手ニ訴訟取扱不可
右条ニ相背候者
切腹申付べク候也

文久三年（一八六三年）八月十八日。

文久の政変勃発。

尊皇攘夷を強引に打ち出した長州藩と公家が、孝明天皇に献策して諸大名をも手の内に入れようと画策するも事前に薩摩藩に察知され、壬生浪士組属する会津藩主・松平容保公や孝明天皇、それに付随する公家、一橋慶喜らによって制圧、一掃された。壬生浪士組もその抑えに一役買って出、それなりの働きをした。長州の攘夷は、京都の政治の中枢から事実上、追放されたのだ。

だがそれも、仮の杭でしかないことを私は知っていた。たとえ幕府であろうと、天皇であろうと、薩摩、長州であろうと、それを作っているのは一人ひとりの思想だ。どんなに広義を語っていても、突き詰めればそれは、ただの主観でしかない。主観は、大きく振りかざせば人を動かし、力を得る。しかしその力も、半端な志の者たちが揺れれば足元から崩れ、やがて勢力は反転する。それだけの話だ。この波もいつ方向を変えるかわからぬ。

この時の働きを認められた壬生浪士組は、隊の名を「新撰組」と改めた。隊士は春の空のごとくのうす青に「誠」の文字を染め抜いた羽織をまとい、意気揚々と町を闊歩した。

一方で近藤さんは、「新撰組」発足にともない、裏をチョロチョロとかけめぐる鼠が気になっているようだった。

「歳。新見の話は聞いているか」

「ああ、耳に入っている」

「前から気になってはいたのだが、このところ、隊務を疎《おろそ》かにすること甚だしいようだ。隊にほとんど顔を出さないばかりか、隊費と偽って民家から金をねだり、遊蕩《ゆうとう》にふけっているらしい」

「知っている」

「新見は水戸派の者。オレが局長である新撰組では、やる気が起きないとでも言いたげだ」

「言っているのさ。裏に芹沢さんがついている。そら見たことか。まったく、芯が通っていない者が下手な後ろ盾を持つとロクなことにならん。熱にほだされて己を扱いあぐね、まがいもの特有の振る舞いに落ちる。普通に考えれば、分かりそうなことだがな。バカな男よ」

「新撰組にはそのような者がいては困るのだ。隊のしめしがつかん」

「そうだろうな」

「歳、頼む」

「わかっている。隊規に則《のっと》って、排除するのだな」

「……」

「排除するのだな」

「ああ」

「近藤さんが動くのはまずかろう。オレが采配する。いいな」

「ああ」

水戸学《みとがく》とは、そもそもが尊皇攘夷についての教えを学ばせるためのもの。幕府守護とは真逆の思想だ。そこで徹底して理念を学んでいれば、己の中にその火種が植えつけられるのはしごく自然なことであったろう。

思想と剣の身の立て方。その両方を隠し持ちながら、簡単に遂げられる方法を模索して安易にあちこち傾くところが人間の愚かなところだ。それで隊務を全《まっと》うしないとなれば、もう先は見えている。以前より私は、新見の体から暗灰色の煙のごときものが漏れ出でているのを感じていた。それは、影響され、取り込まれている者が流す色。取り込んだ相手は、十中八九、芹沢だ。

芹沢鴨はもともと、「壬生浪士組」で近藤さんと共に幹部を務めた、水戸派の流れを組む者。新見錦はその芹沢鴨を後ろ盾に、「壬生浪士組」時代から隊を引っ張ってきた同じく水戸派の者だった。この頃にはもう、己の信念はゆがみ、目先の快楽に身を開け放している状態だった。影響力のある者が失態を繰り返せば隊の士気は下がる。それを局中法度が許すわけがない。

九月十三日。

遊蕩先でたやすく発見された新見に、新撰組隊士が隊規に反する数々の所業を述べ、組み伏せた。

おそらくは潔く認めず、抵抗するであろうあの男のため、私はあらかじめ「罪を認めなければ斬首する」と隊士に言うよう含めておいた。そこで生き延びる選択はない。

言ったではないか、局中法度を守らねば、新撰組にはいられぬと。芯が折れ、己の思いさえ見えなくなっている者は、今死ななくても、どのみち敵の手に落ちる。なぜ、自分がそんな死に方をせねばならないのか、いまわの際で目を覚まし、来世に新たな己を託して、甦ってくるがいい。

しばらくして、私の元に知らせが届いた。新見錦、遊蕩先にて切腹。


「新見がいなくなっても、問題は解決せぬな」

「そりゃあ、そうだろう。まだ、大元の芹沢さんがいる」

「確かにそうだが……おまえは厳しい男だな、歳」

「厳しい？　厳しいのはオレではなく、近藤さん、あんたが作った局中法度でしょうよ。新撰組が目指す姿の実現のため、規がなければ隊がまとまらないと言ったのも、近藤さんだ」

「それはそうだが……。新見も芹沢も、こうして今は袂《たもと》を分けてしまったが、共に戦った仲間であったからな」

「それが、どうかしたか」

「いや……」

「気に病むことはない。法を執行するのはオレの役目だ。近藤さんはオレに命令するだけでいい。総司を連れていくが、いいな」

芹沢鴨は将軍守護の主張をもって近藤さんらと共に壬生浪士組を結成し、近藤、新見両名と並び、その筆頭局長でもあった男だ。豪快で腕が立つ反面、飄々としていて、細かなことは気にせぬ良い男であると評判だった。

だがこの男は、元来の気質なのか、一本では通らない複雑な心の不協をいつも携えており、壬生浪士組を立ち上げる前も何かと問題を起こしていた。新見と同じく水戸派であることも、心の不協に拍車をかけていたと思われる。なぜならこの男から流れてくる色は、しょっちゅう変わったから。芯に持つ色が何かわからぬほどに、めまぐるしく変化する。それが次第に、暗い色へと変わっていった。

腹心に新見を据え、あれこれと画策しているのが見えた。矛盾から生じた混乱が、行き場なく猛っているのがわかる。薩長の尊皇攘夷を認めず、立ち上がったはずのこの男の深心には、尊皇攘夷そのものの思想が流れていた。それで己を貫くならまだいい。だが芹沢は、幕府を守護するために働く新撰組という反対の立場に自分を置いたために、進退両難の葛藤が生じていた。新見より、実質的な力も気概もあった分、凶の出方も大きい。新撰組の名を傘にしての乱暴狼藉など、わかりやすい方法をよくも選んだものだ。

――甘いな。

苦悩に立ち向かえず逃げる者は、どんなに名と実績を積もうとも、己を直視して戦い進む者たちには勝てない。野望を隠して遂げたいのなら、それなりに澄んだ光を通してもらわなければ困る。

己が基盤を作った隊で長となり、その隊の定めによって下の下に落ちる。剣の兵《つわもの》と名を馳せた男だ。浄化は、私がせねばなるまい。

九月十六日。

島原の角屋では芸妓総揚げの宴会が催されていた。表向きは新撰組が士気を高めるため、そして隊士を慰労するという名目で。

私は角屋でかなり酒を喰らって千鳥足の芹沢、それに常に付きまとい行動を共にしていた平山、平間を誘い、新撰組のその時の逗留場所であった壬生の八木家に連れ帰った。女と酒でまやかしの夢を見て身をほろぼす、彼らにふさわしい死場を用意してやった。それぞれに馴染みの芸妓をあてがい、再度宴を開く。暴れると何を仕出かすか知れない芹沢一派を警戒してのことだったが、すでに角屋で泥酔していた彼らはそう長い時間持つわけもなく、気に入りの芸妓と早々に寝所へ入って、失われた意識のもと、それでも本能のみで睦み合い、眠りに落ちた。

八木家で待機していた総司その他、命を受けた隊士たちは、いつもと変わらぬ風を装いながら、眠る芹沢たちを覗《うかが》っている。

——行け。

私の目で何人かが動く。犬さえ鳴かぬ静かな闇夜に、気配を消した者たちが秘かに集結する。

「芹沢と平山は同室。オレは左だ」

それを聞き取った総司が無言で頷く。

襖を開ける。

部屋の左側にいたのは平山だった。走り寄り、無で一気に一太刀《たち》。平山の頭が首から離れて飛んだ。襖が鮮烈な赤に染まる。

着物をはだけて芸妓と寄り添っていた芹沢が飛び起きる。太刀を取る手が伸びる間もなく、動転して転がりながら別の部屋へと駆け込む。総司がそれを追う。一部始終を見ていた若い隊士が腰を抜かしてへたり込んだ。

「邪魔だ。どけ!」

隊士を蹴飛ばし、廊下にいた隊士二名に走りながら聞く。

「平間はどうした」

「申し訳ありません。仕損じました。芸妓らと逃げたようです」

——ふん、下手くそめ。

芹沢は着物も脱げ落ち、真っ裸で逃げ込んだ部屋の文机をひっくり返し、抵抗していた。

見苦しいほどに。総司が動じずに間合いを詰める。

「総司、やれ！」

あがきにあがく芹沢の思いだけが宙に浮いたところで、はっという気合と共に肩口から斜め下に一刀、総司の一振りが下ろされた。

――迷いがないな。丹力で斬ったか。

それを見ていた若い隊士たちが、寄ってたかって何度も芹沢の体を斬りつける。

「やめろ」

低い声で制する。一太刀で十分。芹沢は絶命していた。

――芹沢さんよ、あんた、知っていたな。

この男は自分がいつかこうして斬られることを、心のどこかで知っていたのだ。自分の所業と共に。最初は享楽の一つだった酒や女は、やがては恐怖を紛らわすための拠り所となり果てた。逃げ惑うだけではその苦しみから逃れる術などないことも、おそらくは知っていただろうに。認めぬ者は、こうしてとことんまで追い詰められる。そんなに苦しいのなら、せめて潔く黙って総司に斬られればよかったものを。そうすれば、苦痛や恐怖を最小限に留めて、逝かせてもらえただろうに。それさえも怖かった芹沢の肉体には、抵抗につぐ抵抗で、こんなにも痛みと傷が残る。それもまた、人間の業か。

「皆、速やかに戻れ」

翌日、局中法度の下には、隊規に背いた芹沢鴨、平山五郎、両名の死の沙汰が貼られていた。


某夜。

市中警護のための見回りを終えて戻り、交代の隊士が屋敷を出て行ってからようやく一息つく。長州勢力が制圧されて以来、水面下でひたひたと蠢《うごめ》く怪しい匂いはするものの、表立っての動きは今のところ見えない。つかの間の奇妙な静けさが京の町を包んでいた。

澄んだ墨地の夜空に、細い三日月が出ていた。秋か。ちろちろと猪口《ちょこ》を舐めながら、片膝を立てて縁側から月を見る。鋭い三日月だ。それを見ていると、心はなぜだか落ち着く。湯にでも行っていたのか、こざっぱりとした様子の総司が傍《かたわ》らに来て座った。

「邪魔でしょうか」

「いや別に。おまえも飲むか」

「いえ、結構です。歳さんが月を眺めているとは意外ですね」

「オレだって、月ぐらい見る」

「美しい月ですね。少し、冷たい色だけれど」

「橙の大きな望月など出た日には、獣も人の心もざわざわとうるさくてかなわん。鳴いたり、怒ったり、叫んだり、忙しいことよ」

「ああ、満月は色々なものを増幅するから。心に抱えているものが大きくなるのです」

「話の通りが良い。つくづく、おまえはおもしろい男だな」

「冗談の一つも言えませんが」

「細い月も闇も落ち着くのだよ。陽の光よりよっぽどな。心がしんと静まり返る」

「まるで歌詠み人のようですね」

「歌なら、古《いにしえ》の歌人の歌で好きなものがある」

「どんな歌ですか」

「教えぬ」

「ちぇっ」

「今宵はなんだか月が傾くのが遅いような気がする」

「それは、歳さんの今の心持ちがゆったりしているからでしょう。歳さんはいつも張り詰めているから。たまにはこうしてのんびりしないと。それでも全部は決して緩めないところが、歳さんらしいといえば、らしいですが。そんな状態で長いこと持つのは、歳さんくらいのものだ」

「別に、意識してそうしているわけではない。これがオレなのだ」

「歳さんは……何ともないのですか」

「何が」

「いえ……」

「ふっ。おまえ、まさか隊中の噂を聞いて、オレを慮《おもんぱか》っているのではあるまいな。だとしたら、いらぬ心配だ」

「知っていたのですか」

「芹沢と新見の一件で、気弱なヤツらがざわついているのだろう？　土方の行動が非道であると。不用意にそこらで呟くヤツはたくさんいるからな。いくらでも耳に入る。だが、そんなものは風と同じだ。気にもならん」

「歳さんに、前から聞きたかったことがあるんです」

「何だ」

「どうして、果てに立つのです」

「どういう意味だ」

「どうして自分から、そんな役目を引き受けるのです。地獄の門で、罪びとの裁きをする番人の役を。あれは、この世のものではないから成し得ること。でも、歳さんは人間だ。どんなに闇の果てに身を置いていても、心がないわけじゃない。歳さんは、本当は新見さんのことも、芹沢さんのことも全く恨んでなどいなかった。わかっていて、逝かせたのに。だけど、人はそれを理解しません。人間には、わからないのです。それを知っていて、なぜ、そんな過酷な道を行くのです」

「考えすぎだ、総司。オレはおまえとはちがう。おまえのように人間を心配したり、慮ったり、そんなことを感じる器官がオレにはない。おまえほど、心が痛むわけでもない。ただ、少し疲れるだけだ」

「ありますよ、歳さんにだって感じる心が。ただ、歳さんは……」

「何だ」

「悲しみを封じることに、長けているだけです」

「奇弁だな」

「そうでしょうか。ぼくは、どうしてかは知らないけど、歳さんのことがわかるんですよ。歳さんはご自分の光をお持ちだ。穢れなき純度の光を。いかなる時でも潔斎《けっさい》を自分に課して、その光を、己を、濁すことなく律し続けている。見ているのは、目の前の出来事や人間じゃなく、もっとどこか遠くだ。わかっているのでしょう？　歳さんは何もかも。その上で果てにいるんだ」

「ふん」

「そんな人がここで生きるのは……あまりに大変すぎる。この世は人の渦。染まって暮らしてこそ、生きられるのに。そんな際にいて、安らぐこともなく生きるのは辛すぎる」

「辛くなどない。これは、オレの魂との約束なのだ」

「約束……」

「目の前に起こっていることを見ろよ。時代は急激に動いている。幕府、天皇、薩摩、長州、尊皇攘夷、将軍守護、戦。それらの名目の元、くもの巣のごとく余波は放射し伝染し、上から下まで、まるで熱にでも冒されているみたいに騒動を繰り返している。足元もおぼつかない、とんだ乱れようだ」

「ええ、ほんとうに」

「その混乱の意味を、誰もわかってはいないのさ。大義名分を掲げる者たちと腹を割って話をしてみろよ。最初は自分の思いと主張を魂に問いかけて、それだけでくっきりと立っていた者たちが、人が動き、事が動くほどに思いがぶつかり合い、それに打ち勝つことのみを考えて争いを繰り返す。なまくら坊主の説法と同じだな。人に影響され、名や金に血迷うたびに、元の経典から真理が離れていく。それさえ見えぬヤツが、大声でもっともらしく正義を述べる。世が混乱するのはあたりまえだ。まったく、おもしろすぎて涙も出ない。はっは」

「歳さん、今の世でそれを言っては……」

「わかっている。おまえにだから、言ったのだ。そんなヤツらは、目隠しをした剣士と同じなのさ。目が見えぬための恐怖に戦《おのの》き、迫り来る虚像の敵に向かって、闇雲に刀を振り回すしかない。それでも、新しい事柄に向かう薩摩や長州の心根の方が、少々強い分進みやすくはなろうな」

「たとえそうでも、人間は戦うしかないのです。それが怖れの顕《あらわ》れであっても、先の見えない刹那の衝動であっても、黙って受け入れ、じっと座っていられるほど人は強くない」

「だろうな」

「じゃあ、歳さんは何を……」

「真の問題は、幕府確立でも尊皇攘夷でも薩摩でも長州でもない。人間の心の揺らぎなのさ。己の心眼を開けず、自分だけでは立てないゆえの揺れが、全体を揺らしているのだ」

「……」

「オレは揺らぎに揺らいでいるこの世で、曲線ではなく、直線を通す」

「歳さん」

「知っている者がやればいいのだ、総司。人の正義も真価も、オレには関係ない。あるのは、まごうことなき己だけだ。ただそれだけで、通してみせる」

「自分を贄《にえ》にするというのですか！」

「今ある道を行くだけだ。今ここにいて、この我ができることをやる。少なくとも、オレにかかるすべての迷いは払拭してやる。道を作り、それに伴うすべてをオレが被《かぶ》る代わりに、そこを辿《めぐ》ってくる者には己の責任を取ってもらう。どのみち、自分と向き合うのは自分自身にしかできぬことゆえ」

「どうしてそうまでして、人の目を覚まさせたいのです。歳さんは人間が嫌いなのでしょう？」

「人間は弱くて面倒だ。ちまちまと御託《ごたく》が多すぎる。さっさと一本で通せばよいものを、言い訳をしてぐるぐると堂々まわりをせねば進めぬ。見ていて腹立たしいほどに」

「だったら、なぜ」

「言っただろう。それがオレと魂との約束だからだ。オレの魂が、そう生きると決めてきたのだから、仕方がない」

「歳さん、その道に見えるものは混沌です。歳さんの一番嫌いな濁りと混乱です」

「ああ、そうらしいな」

「その道をゆくのですか」

「ああ」

総司がまた、いらぬ涙を流している。そんなものは、私に何の影響も与えないと知ってい
て。愚かな者は腹立たしいが、すべてを知る者も時にやっかいで困る。

元治元年（一八六四年）

五月の京。晴れやかな空が青の濃さを増して、夏に向けやる気を蓄えている。人がなんと
はなしに心浮かれて笑顔になるこの空の色を見て、禍々《まがまが》しさを感じていたのは私だけだろう
か。陽気が極まるこの空気にかこつけ、何かが動く。人は思い違いをしている。陽の光が強
ければ強いほど、その裏にある闇も濃くなるというのに。まやかしの平穏はもうじき破られ
る。それを予見していながら、言葉を告《つ》いでも誰も聞く耳を持たないと知っていたから、黙
って見ていた。聞くつもりがないなら、教えたりせぬ。人は自分にとって良き兆しは喜ぶが、
やっかいと思われる兆しは遠ざけようとする。誠に都合の良いことだ。

妖しい陽気が日に日に強くなる。眩しい日ざしを浴びた明るい風景が、まるで絵のように
嘘くさく目に映る。空気が奇妙に止まっている。そう思った時、外出から帰ってきた近藤さ
んが血相を変えて私の袖をつかんだ。

「歳！　尊皇攘夷のヤツらが動くぞ！」

「いつだ」

「祇園祭の前だ」

「それだけじゃ、防ぎようがない。もっと詳細な情報が欲しい」

「諸士調役兼監査の山崎と島田の調べでは、枡屋の古高という男が何か握っているらしい」

「何か、じゃ話にならん。締め上げたのか」

「まだだ。まずは局長へ、と、急ぎ連絡が来たところだ」

「ふん、悠長なことだ。枡屋の場所は？」

「四条小橋上ル真町で炭薪商を営んでいる」

「急がねば、ヤツらは早々に仕掛けるぞ」

「そうだな、まずは古高を抑えなければ」

「そう言っている間に事が動く。いい、オレが行く！」

そのまま、隊士を連れ京の四条小橋へ走った。呑気に店先に出ていた古高は、物々しく入ってきた「誠」の羽織を見て、一瞬で事の次第を理解したらしい。顔色を変え、奥へ逃げ込んだ。バカめ、袋の鼠とわかっていいように。こんなことでうろたえるなら、もっと頭を使って身を隠せ。

隊士が刀を手に突入する。逃げ惑う古高を羽交い絞めにして捕縛。屋敷の中をひっくり返して捜索するに、出てきたのは長州藩と交わした書簡と武器。

「問答無用だな。屋敷へ連れ帰れ！」

予《あらかじ》め脅されていたのか、それとも小者の意地か、古高は隊士の尋問に頑として口を割らなかった。経過を受け、思うように展開せぬことにイラ立った局長が私のところへやってくる。

「歳、まだ事の次第があきらかにならん」

「くっくっ、書簡と武器が出たというのにか。何をもたもたと。近藤さん、あんたは立ち会ったのか」

「ああ。長州に言いくるめられておるのだろう。あやつ、不適な面で口を真一文字に結んでおるわ。なかなか白状せん」

「手ぬるいことを。近藤さん、待っていても古高は口を割らんぞ。我々を見て逃げ回ったヤツだ。攻めればすぐに落とせる」

「だが、死なせるわけにはいかんのだぞ」

「オレが行く」

最初、私の顔を見てうすら笑いを浮かべていた古高だが、まもなくそれはこめかみを流れる冷たい汗に変わった。

「吊るせ」

縄で締め上げられ天井から吊るされた古高は、問いに答えぬ度に竹刀で打たれ、足で蹴られ、水を浴びせられた。

「副長！　これではヤツが死んでしまいます！」

「邪魔だ。おまえたち、全員外に出ろ」

古高の全身には赤くただれた蚯蚓《みみず》腫れが走り、ぶす黒い打ち身と血で元の顔もわからなかった。もはや顔を上げる力もない古高の頭をわしづかみにして、静かにやさしく告げてやる。

「悪いが、オレは他の隊士とはちがうんでね。局長はおまえを殺すなと言ったが、誤って死なせてしまった時はいたしかたあるまい、なぁ？」

古高の目が恐怖に戦く。あたりまえだ。それまでの尋問の隊士が手ぬるすぎるのだ。古高は私の顔をみて、それが偽りではないことを悟っていた。

「ヤツらは何を企んでいる。言え。ここに捕まった以上、隠すだけ無駄だ。仮に隠し通したとして、ここで死ぬだけだがな。生きたいのなら、白状してとっとと身を隠せ。どうせまともに戻っても、元のようには扱われん。ああ、たいして選択肢はないなぁ。オレはそう気が長くない。おもしろくない時間にずっと付き合うのは好みじゃない」

「……」

「次は、真剣を持ってくる」

手に白刃の真剣を携えた瞬間、がっくりと頭を落とした古高が、うめき声でしゃべり始めた。

「近藤さん、古高が吐いたぞ。あいつら、祇園祭の前の風の強い日、京都御所に火を放つつもりだ。たいそうな計画だな。その混乱に乗じて中川宮朝彦親王を幽閉、松平容保公と一橋慶喜公を暗殺する気でいる」

「な、なんということ」

「どさくさに紛れて、孝明天皇を長州へ連れ帰るつもりだろう」

「そのようなこと、まかり通ると思うか！　させん！　断じて阻止する」

「くっくっ。長州の考えることは単純でわかりやすいな。早期に動いてこの国を滅ぼす気か。浅はかすぎて大笑いだ」

「歳！　何を冷静に」

「なぁに、古高が捕まったんだ。ヤツらだって少しは考えようさ。事を構える前に、必ず主要の者たちが極秘に集まる。その、だいたいの目星はついている。密偵を張り付かせて、詳細を探らせるさ。むやみに動き回ってこちらが混乱しては元も子もない。照準を合わせて一気に頭を潰す」

それからというもの、近藤さんは日々、落ち着かぬ様子でウロウロと邸内を歩き回っていた。じっとしてもおれぬのだろう。たまに座っても、腕組みをしながら眉間にしわを寄せ、ブツブツと何かをつぶやいている。その動揺が伝わって、隊士たちもそわそわと所在なさげだ。過激派の計画は予想を越えてあまりに大ごとであった。事が起こってしまっては、幕府守護のすべてが水の泡と化す。それをどうやって阻止するか、近藤さんは自分の身の上と新撰組を背に負い、必死に考えていた。局長の様子を見て、総司が私の元にやってくる。

「皆が不安に思っています。予見だけはしたものの、成すべき術が見当たらず、どうしてよいかわからない局長の心が伝わってしまっています」

「局長に言えよ。自分の隊だ」

「まさか。今、局長にそれを言っても、さらにあせるだけです」

「誰にもどうにもできんさ。自分で今を味わうほかに手立てはない。前もって、何度も言っているのだ。ヤツらが動き出すまで待てと。近藤さんは待ちきれないのさ。今は動けぬ時。それを受け入れるしかない」

「事が大きすぎるのです。局長は夜も眠れていないようです。コホッ……」

「そう急がなくても、ヤツらは必ず事を検討しにかかる。それに、どっちにしろ、もうじき大きな事が起こる……といっても、どうせ始まるのは戦いなのに。臆病でとても戦が好きとは思えぬ者たちが、早く動けと地団駄を踏む」

「たぶん、待っているより、その方がまだ楽なのです」

「恐怖か。人の恐れは止め処ないな」

「歳さん……それが人間なのです」

「おまえは人が好きなのであろう、総司。ならば、黙って見ていてやれ。そばにいてただ座り、にこにこと微笑んでいろ。誰かが不安に駆られたら、大丈夫、事はちゃんと動くと伝えてやれ。人は頭でわかっていても、心は連動せぬと見える。だから人は、オレの話は聞かん。求めているのはそこではないのだ。おまえはその役割を果たす者であろう？　だから、おまえが不動の様を自ら示し、座していろ」

「……わかりました」

総司の咳が、気になった。


六月、尊皇攘夷派の動きがいよいよ明白になった。

古高の捕縛を受け、非合法手段による政権奪取を実行するか否か、長州、土佐藩の尊皇攘夷派が極秘会合を執り行うとの情報が入ったのだ。

「ようやく尻尾をつかんだぞ、歳」

「場所は」

「三条小橋木屋町、池田屋か丹虎、四国屋」

「また三条小橋か。あそこ、因縁を呼ぶ陰の気の吹き溜まりにでもなってるんじゃねぇのか」

「そんなことを言っている場合か。我らも即、体制を整えようぞ。必ず阻止し、過激派を一網打尽にしてくれるわ。会津藩にも既に応援を要請した」

近藤さんは張り切っていた。待っていた間の煮え切らない暗愚が嘘のように、溌剌《はつらつ》と話し、行動し、指揮する。そこに迷いはなかった。事さえ決まれば、オレはこんなにも力を出せるのだとでも言いたげに、幕府守護の旗を一心に掲げ、一途に邁進する。

そう、ここはわざわざお膳立てされたあんたの舞台だ、近藤さん。今、思考ではなく、本能と直感が明暗を分ける。貫き通せるか。それが鍵だ。そこで、真の己の強さを開花するのだ。人の光が通る様。私はそれが見たい。


五日夜更け。

新撰組は尊皇攘夷派の会合の場として押さえた池田屋、四国屋の襲撃に伴い、それぞれの準備に取り掛かっていた。

「今、何時だ!」

「近藤さん、そうあせるなよ。隊士の士気を乱すぞ」

「言うな、歳！」

局長の苛立ちの理由を、誰もが知っていた。緊急で要請したはずの会津藩部隊が、刻限になっても来ない。近藤さんは心の一箇所を猛烈に痛ませていた。傷ついているのだろう、会津藩の裏切りのような行動に。

さぁ、どうする。痛みに揺らぐか、情念を払拭して己を貫くか、ただこの一時にかかっている。暗黙のうちに、魂の用意はいいか、己はちゃんと立っているかと試されている。

近藤さんは目の玉をギロギロと動かし、傷つきを憤怒の表情に隠してまわりを見渡した。皆が静まり返り、局長のただ一言を待っていた。一息、深く呼吸。そのたった一息の間に、近藤さんは己に問いただした。たちまち浮上してくる心の闇。弱さ、恐れ、悲しみ、傷つき、怒り。近藤さんは目を閉じて苦悶しながらそれを感じ、飲み込み、再びかっと目を見開いた。

「これより、尊皇攘夷派を一網打尽にすべく、池田屋、四国屋を襲撃する。隊士三十四名、うち十名は我、局長近藤勇と共に池田屋へ、残り二十四名、副長土方歳三に従い、四国屋へ向かう。どちらかに必ずヤツらがいる。各隊、屋敷の中を改め、迅速に〝本星〟に集結。今こそ、新撰組の力を示す時！　皆の者、怯《ひる》むな！」

「おうっ！」

野太い力声が局長に応じた。

ふと思い立ち、近藤隊へ就く総司に密やかに声をかける。

「本星は池田屋だ。総司、こんなところで死ぬなよ」

その声に、総司はふっと小さな笑みで答えた。

真夜中。事は一刻を争う。土方隊は四国屋へ向かって疾風のごとく走り出した。

近藤さんに今回の部隊の人選について問われた時、私が自分の部隊に選んだのは剣の腕の立つ者ではなく、身軽で足の速い者ばかりだった。私の中では確信があったのだ。本星は池田屋だと。だから、腕の立つ者をすべて近藤隊へ集めた。土方隊は四国屋を回って一刻も早く池田屋へ向かうつもりだった。

最初から近藤さんに事の次第を告げ、池田屋へ行けば話は早い。だが私は今回、隊の人選以外のすべての選択と決断を局長に委ねた。それは今回の一件が、近藤さんの魂が望む、自身が通るべき唯一無二の道だとわかっていたからだ。花が開き始めていた。光が外に出たがっている。だからこそ、心の格闘は一人でせねばならない。託さず、逃げず、誰でもない自分の意志と力でなすべきこと。歩くべき道。自分の足こそが、己の魂のつぼみをこじ開ける。この貴重な機会を、私ごときが邪魔するわけにはいかないではないか。これはこの男が自力で通ってこそ光る、魂の道なのだ。

「新撰組、御用改めである！」

長州が頻繁に出入りしていたという四国屋。一斉に突入し、走りながら部屋と言う部屋を開け放して確かめる。やはり、ここではない。丹虎方面を探索しながら駆け抜け、大急ぎで池田屋に向かう。

「八坂神社を通って、縄手通りをゆくぞ！　急げ！」

その頃、池田屋では、近藤隊が長州、薩摩の尊皇攘夷過激派浪士たちが集う部屋を見事探し当て、死闘を繰り広げていた。正面から踏み込んだのは、近藤、沖田、永倉、藤堂のわずか四名。過激派浪士の数、二十名。近藤隊は数であきらかに劣っていた。されど、近藤勇始め、総司も、永倉、藤堂も誰一人怯むことなく、見事な太刀さばきで打って出る。部屋から飛び出した浪士たちが逃げ延びようと転げ走り、池田屋の周りを固めていた残りの隊士たちと衝突、死に物狂いで刀を振り回す。

「顔をしっかり覚えておけ！」

遠くから局長の激が飛ぶ。

その近藤も、一人も生かさぬ勢いで前に出て、一刀、一刀、斬り込んで行く。何もかもが頭から吹っ飛び、見えるのは己の白刃だけだった。この大事にもかかわらず、不思議と体は軽く、心に迷いのしずくもなかった。情も、雑念も一切ない刀の光が弧を描いて宙を走る。

きりりと結った髷《まげ》から、びりびりと震える何かが立ち上る。

その時。

「総司⁈」

青竹が雷に打たれて折れるように、総司が倒れた。斬られたのではない。急に崩れ落ちたのだ。

「総司、どうした、総司‼」

うめき声をあげて横たわる総司にとどめを刺そうと走り寄る浪士を刀で払いのけながら、自分に向かって来る敵とも戦う。それに気を取られた藤堂が、額を斬られ血しぶきが飛ぶ。

「うわっ」

目に入った己の血で視界を失った藤堂が永倉の後ろに転がり込む。戦える者はもはや、近藤と永倉、二人しかいなかった。それでも、近藤はぶれなかった。むしろ味方が一人減るごとに、刀の振りが鋭く、力強くなる。その様を見て、過激派の浪士たちが後ずさる。

「土方隊、到着！」

その声を受けて、過激派たちの狼狽は一層激しくなった。近藤が叫ぶ。

「誰かここへ！　総司と藤堂が倒れた！」

土方隊二十四名があっという間に部屋と屋敷の外を包囲した。うち二人が、総司と藤堂の介護に回る。

「一人も逃すな！」

最後のあがきを見せる過激派浪士たちが討ち取られ、勝敗は見えた。

新撰組に、疲れ果てた末の安堵の表情が浮かんでいた。討ち取った過激派浪士九名。捕縛者四名。

「歳、遅かったな」

「これでも、走りぬいてきたのだ」

「総司と藤堂が倒れた。永倉と二人になった時は死ぬかと思ったよ」

「そんなふうにはとても見えぬが。たいした働きだ。さすがは新撰組、局長だな」

「歳にそんなことを言われるとは思わなかったよ」

鉢巻《はちまき》に染みて尚落ちてくる額の汗をぬぐいながら、近藤さんは長い、長い息を吐いた。総司、藤堂らの手当てをしながら負傷者を屋敷に運ぶ準備をしていた頃。

「会津藩、到着！」

その知らせに、新撰組全員が振り返った。

「会津藩、今ごろ……」

局長のつぶやきを最後まで聞くまでもなく、叫んだ。

「土方隊、池田屋の周囲に守備につけ。会津藩の連中を一歩たりとも中に入れるな！」

まるで合戦が終わるのを待っていたかのような到着。池田屋襲撃に馳せ参じようと出立した結果だとは思えなかった。勝敗を見極めたところで、手柄を横取りするつもりか。あきれた性根。そんな半端が許されるか。悪いが、外でお待ちいただこう。これは近藤隊十名が中心となり、わずか三十四名で成しえたこと。今この瞬間が歴史の一部となる。少なくとも一人の男がこの場で、神聖な魂の道を辿ったのだ。穢《けが》すのは、やめてもらおう。

会津藩の怒声となじりの中、土方隊はとうとう最後まで立ちはだかった。


池田屋襲撃、そしてその後に起こった禁門の変での働きにより、新撰組は幕府より感状と二百両の褒賞金を下賜《かし》された。人の見る目さえも変わり、華々しい発展を遂げつつある隊の傍らで、総司は池田屋襲撃後、一時病床に伏していた。すぐに快癒《かいゆ》し、再び隊で元気に活躍していたが、私にはどうにもぬぐえぬ思いがあった。

「総司、ちょっと来い」

「何ですか、歳さん」

「おまえ、ずい分と元気だな」

「新撰組もどんどん働きを認められて、大きな形になってきました。ぼくはそのことがとてもうれしいのです。みんな、苦楽を共にしてきましたからね。それが、どうかしましたか」

「池田屋で倒れたではないか。完治したのか」

「あれは、ただの熱病ですよ。とんだ失態です。それに備えて、自分の体調を整えておくべきでした」

「今でも時折、咳をしているだろう。医者はなんと言った」

「大丈夫ですよ。こんなに元気なんですから。もう、すっかり良くなりました」

「オレには、おまえが熱病ごときで倒れるような者にはどうしても見えん。元気に見えて、体に何かを抱えているように思える」

「イヤだなぁ、歳さん。医者の見立てを信じないんですか」

「だったら、おまえの……その胸にある黒い陰りは何なのだ」

「見えるのですか」

「オレはそういうのを感じるタチなだけだ。おまえだって、自分でわかっているのであろう？　それは何だ」

「……」

「どうした」

「自分の思いが届かぬことが、病を呼ぶものと思われます」

「自分の思いが届かぬこととは？」

「今は……歳さんにもしゃべりたくありません」

「おまえ、甘んじてそれを受けるつもりか。死ぬぞ」

「しかたがないのです。ぼくにはぼくの、まっとうすると決めてきたことがあります。でも、なかなかうまくは行かない。ぼくがやろうとしてきたことは、思いのほか、難しいことだったみたいです。自分の道を生きるのは、生半可なことじゃないのだなぁ」

総司の背中が小さく見えた。見目も、剣の腕も、人柄も、誰もが渇望するほどのものを持っている男。だが、総司が欲しいものはそのどれでもなかった。手を伸ばしても、伸ばしても、その手に握られることなく離れていくものを見ながら、涙を流さず泣いているのがわかる。

局長始め、新撰組隊士の総司に対する期待は大きい。その太刀さばきも、人となりも、ここに当然いなくてはならぬ者として皆が認めていた。総司の貢献。それが勝ち負けや手柄に通じるものばかりではなく、この男から醸し出されているものによるのだとは、誰も気づかぬのであろう。

慶応三年（一八六七年）

新撰組幹部は幕臣に引き上げられた。隊士の数は二百名を越え、拠点も京都西本願寺へと移された。一介の浪士の集まりがここまで発展するとは、誰も思わなかったにちがいない。

しかし、表向き、名誉と力を手にしたように思われるこの名目も、水面下は穏やかなものではなかった。隊士の人数が増えたこともあってか、ここ数年の間に、新撰組内部の衝突は日に日に大きくなっていたのだ。

池田屋襲撃後に変化を来たしたのは、病床に伏した総司だけではなかった。近藤さんが浮き足立ち、独裁的に振舞うのに我慢できぬと、永倉新八、原田左之助、島田魁らが会津藩松平容保公に訴え出た。局長近藤勇の家臣ではなく同志として戦う旨を伝えたものである。

近藤さんも近藤さんだが、わざわざ松平容保公に宣言までした永倉さんもご苦労なことだ。壬生浪士組時代、互いに同格だったはずの身が、不遜に扱われたとえらく怒っていた。ここのところの新撰組の活躍は、ほとんどの場合、局長近藤勇の名と和になる。名声にこだわる者は、文句を言いたくもなるのだろう。ついでに松平容保公からの直々のお達しで、近藤さんも頭を冷やしたのだから、一石二鳥と言えなくもない。

傍《はた》から見れば、茶番に過ぎぬせめぎ合い。見ているだけで疲れる。何より、それをしても尚、永倉さんが新撰組に残って立ち働いているのが滑稽でならない。皆、自分たちのやっていることがわかっているのだろうか。幕府守護を掲げる義の大きさと、身内での小競り合いの小ささ、その落差のすごいこと。大義名分は立派なれど、その者たちが見ているものの近さに仰天する。

新撰組の快進撃に舞い上がってしまった近藤さんには、正直、総司と共に少々苦笑した。何の懸念もない晴れ晴れとした顔で喜び、我が天下とばかりに振舞う様は、まるで何も知らない子供のようだった。一度開いても、ともすれば見失いがちになる魂のありかを、常に自分で意識するのは容易なことではないらしい。総司はその近藤さんを人間らしくて無垢だと、遠くから微笑ましい顔で見ていたが、皆が総司ほど精神的に大人であるはずもなく、端《はな》から燻《くすぶ》っていた永倉さんの自尊心をここぞとばかりに刺激した。

総司の言い方を借りれば、永倉さんもまた「無垢」なのだろう。我こそは正義ゆえに認めてほしいと、何の疑問も持たずに堂々と宣言するのだから。私は笑う。それは無垢なのではなく無知だ。正しいと、言える基準はどこにある。誰もがそう言い、血気盛んに叫ぶけれど、その正義のどれもがちがう。人の数だけ、正しいことがある。我も、我もと。

結局、どれが正しいかではなく、ただ勝つために、感情と自我がぶつかり合う。こんなところで心の戦をするとは。一人一人の自我がちがうのに、戦ったところで、どちらがどう勝つつもりなのだ。それらの内部の争いごとを見るにつけ、私の気は削《そ》がれ、あきらめと共に黙するしかなかった。言うには、彼らは遠すぎた。この戦には終わりがない。それぞれの正しきことはそれぞれの真実の元にちがうのだと、それがあたりまえなのだと、いつかどこかで気づかねば、滅びる過酷な世だというのに。思想というきれいごとの裏側は、単なる思いの糸の絡み合いでしかない。それが争いを呼び、より大きな戦となっていく。目の前にあるのに、誰も止める術を知らない。

十月。

内部の動きはそれだけではなかった。禄と幕臣という肩書きをもらったことで勢いに乗り隊の拡大を計った近藤さんは、次々と新しい隊士を受け入れた。その中でも、新たに隊に入ってきた男、伊東甲子太郎はどうにも一癖ありげな男だと思った。私塾で教える父親の元で学問を学び、さらには北辰一刀流の道場主であったこの男を、近藤さんは諸手《もろて》を上げて入隊を歓迎していたが、果たしてどうか。

伊東も若い時分に水戸学を学んでいたという。近藤さんよ、こいつもどこかに勤皇の思想を伏しているんだぜ、と教えてみたものの、今がそうでなければいいと局長が言えばそれでまかり通るのがその頃の新撰組だった。それはいい。わかってさえいれば。剣術に長《た》け、真逆の思想を奥底に持っている男を隊に入れれば、どんなことが起きるか。経験はすでにあるのだから。しかも伊東はこれまでの剣の腕と水戸派という二重苦だけでなく、頭の回転がすこぶる良い。起爆事項の一つや二つ、誰もがわかることと思いたいが、近藤さんはどこかが妙に純朴なせいで、時々照準が合わなくなる。伊東をうまく手なずけて、腕も頭も最大限に利用できるならいいが。

実際、伊東は新撰組には四重苦だった。文武両道、勤皇思想、そしてさらに余計なことに、この男は弁が立った。伺い見るうちに、伊東はさっさと達者な口舌で隊士の何人かを煙に巻き、うやむやのうちに自分の臣下にし始めている。伊藤を連れてきた藤堂とて、その術中に落ちるのは時間の問題であろう。

その伊東に、近藤さんはよりによって「参謀兼文学師範」などという肩書きをくれてやった。ご丁寧なことだ。それが私には、砂山の崩壊をみすみす待っている波打ち際の立ち人のように思え、つかみきれずに指からこぼれていく砂を感じるしかなかった。近藤さん、あんたはどうしたいのだ。心の中でいつもそう問うていたが、言わなかった。進言はいくらでもできる。近藤さんはきっとそれを鵜呑みにするだろう。だが、そんな表面の事柄に対処しているだけでは、何も通りはしないのだ。肝心なのは、近藤さんが真に目覚め、心の目で自分を、出来事を見据えることだった。自身が感じ、行動しなければ意味がない。ちゃんと光を持っているのに。ぬくい水の中にいる近藤さんは、そのことに気づかない。

十一月。

伊東甲子太郎は藤堂平助を伴い、誠に巧妙に新撰組を離脱した。孝明天皇から御陵警備任務なる拝命を取りつけ、同時に薩摩の動向を探るという名目も立てての、穏便なる離脱だった。孝明天皇からの拝命というのが臭い。ふん、犬め。伊東はおそらく読んでいたのだ、新撰組の揺らぎを。世情の流れを素早く察知し、どちらに勢いがあるか、どちらにつくのが賢明か、即座に判断した。上手く立ち回ったものだ。逆にこのくらいでなくては、確かにこの世は泳いで行けぬ。伊東は頭がいいだけあって、それなりに深いところを見ていた。自分の身をどこに置くか探り、いち早く選択した。皆もその狡猾さを少しは見習ったらいいと思うくらいだ。

伊東と藤堂の脱隊を受け、初めて近藤さんは慌てた。能力を持った者は味方にいれば心強いが、敵に回れば反転、脅威の対象となる。内情をすべて知っている者など、扱いにくくてしょうがない。いつそれを利用されるかわからないのだから。

「歳、伊東は敵に回すとやっかいな男だ。今のうちに手を打っておくのが得策と思うが、どうか」

「今のうちに？　それよりずっと前、オレは言ったはずだ。新撰組に伊東を入れるのはどうかと思うと」

「言うてくれるな。オレだって、新撰組のことを第一に考えた。伊東には知識と教養と剣の腕があった。新撰組には必要な男だったのだ」

「必要だった男は、外に出れば邪魔になる。完全な後手だな」

「……」

「で？　討つのか」

「そのつもりだ」

「近藤さん、たぶんヤツは、この新撰組を見放したのだ」

「だったら、尚さら生かしてはおけん」

そうじゃない。仮にも局長自ずから能力を認めた男が、あっさり見限った隊とはいかに。そこにたどり着くのが鍵と思うが、近藤さんの返答はちがった。


十一月十八日。

その日は月さえ出ていない闇夜だった。近藤さんは前に私が使った手を再び使おうと、自分の妾宅に伊東らを呼び出した。同じように隊士を屋敷に忍ばせ、酒を飲ませて酔わせるという。私は行かなかった。二番煎じは好かない。第一、相手がちがう。あれは酒と女に溺れて身を崩す芹沢さんに選んだ死場だった。伊東は路線が異なる。

近藤さんは伊東が剣の使い手であることをかなり気にしており、隊中の剛の者を選りすぐって待機させる手はずを整えていた。

「近藤さん。芹沢さんの一件がある以上、同じことをやって討ち取るのはむずかしくはないか。あの伊東のことだ、それなりに警戒するだろうよ。酒にも女にも、そうは溺れまい。屋敷ではなく、帰り道で待ち伏せでもした方がいいのでは」

「そうだな。確かに、油断したところで攻めるのが得策」

酒宴はことのほか上手く進んだ。よりによって闇夜に妾宅に呼ばれた時点で、何か不穏なものを感じ取ってもよさそうなものだが、伊東はまんまと酒に、話に興じたらしい。その酒宴が終焉を迎えても何も起こらなかったことで、この招待そのものに特別他意はなかったのだと勝手に納得したのだろう。ふん、詰めの甘いことだ。

妾宅を出て油小路にさしかかったところで、闇に紛れて隊士が一斉に斬りかかる。その寸の間、何かの気配を察知した伊東は迷わず走り出した。太刀に手をかけたまま隊士の追撃を振り払って走り抜ける。だが、その抵抗も本光寺までだった。追いついてきた隊士たちに向き直り、刀で立ち向かうも逃げ延びることは叶わず、伊東は路上に果てた。

屋敷に帰ってきた近藤さんが、ひどく疲れた顔で私のところに来た。

「伊東は落ちた」

「そうか」

「あいつ、斬られて倒れる間際にほざきおった」

「何だ」

「我らに向かい、〝奸賊《かんぞく》ばら！〟と言い放ちやがった」

――くっくっ。新撰組を心がねじまがった賊だとののしったか。さすがは元新撰組文部師範。騙されて呼び出された挙句、闇夜に大勢で待ち伏せされ、斬りかかられたのだ。この世の道理に背いたとなじるのは当然。だがな、伊東さんよ、それならおまえも奸賊なのだ。この世の道理……きれいごとを。

そんな張りぼての象徴など振りかざせば、誰もが足元をすくわれる。それを問われて無傷である者など、いないのだから。

伊東の亡骸《なきがら》は油小路に放置された。それを必ず引き取りに来ると踏んで、他の御陵衛士をおびき出すために使われたのだ。算段通り、遺体を収容に来た御陵衛士たちは新撰組隊士によって討ち取られた。伊東と共に脱隊していた藤堂平助もその斬り合いの際に果てた。

伊東甲子太郎は死後、朝廷より従五位を賜った。

――なぁ、伊東さん、死んでからそんな立派なものを賜ったところで、冥土には持ってゆけぬのになぁ。

死して贈られるものは所詮、残ったものが思いを済ませるためのもの。それを亡骸に贈られて、伊東は空の果てでうすら笑っていることだろう。

油小路での伊東暗殺からちょうど一ヵ月後、伏見街道にて御陵衛士の残党が報復のために近藤さんを狙撃した。

命は取り留めたものの、完治まではかなりの日数がかかるものと思われた。

対立、離脱、暗殺、報復。不条理の連鎖は終わることがない。


実は新撰組がこのような内部抗争を繰り返している最中に、政局はとんだ方向へと進んでいた。

慶応三年（一八六七年）十一月九日　大政奉還。

徳川（一橋）慶喜公は尊皇攘夷派と朝廷からの執拗な圧力に屈した。

大政奉還における慶喜公の思惑は、あくまでこの急場を乗り切るための一時的な譲歩で、天皇を奉《たてまつ》る形を取りながら政治の中心に居座り、引き続き実権を握るつもりであったのだろう。

だが、事はそう甘くなかった。早々に読んだ薩摩の大久保利通と公家の岩倉具視が動いた。

徳川中心の朝廷政治をさせてはならぬと、孝明天皇崩御後、まだ若き睦仁《むつひと》（明治）天皇を抱きこみ、王政復古の大号令なるものを発令させてしまった。これは事実上、天皇親政を盾に、岩倉具視ら一部の公家と薩長による新政府設立を認めたも同然の詔《みことのり》だった。

幕府守護を掲げていた新撰組にとって、それは青天の霹靂《へきれき》だった。政局が逆転する。信じる神を勝手に入れ替えられるも同然の達し。

狙撃され、床に伏していた近藤さんは涙を流してさめざめと泣いた。健やかではないゆえの気弱さに、事が拍車をかけた。隊を率いることもできぬ身で、ただただ、事の起こりを嘆き、布団を叩いていた。

総司は、背を正して静かに座し、事の次第を受け取っていた。悲しみも驚きも怒りもなくあるがままを飲み込み、澄んだ瞳で遠くの空を見ていた。

むしろ、あきらめていないのは徳川慶喜公本人だった。まんまとしてやられ、このまま失脚を余儀なくされるのでは、世に轟《とどろ》く徳川の名が泣く。慶喜公はアメリカ、プロシア、イギリス、イタリア、オランダの公使と会談し、力を見せつけた。内政不干渉と外交権の幕府保持を朝廷に承認させ、王政復古の大号令の撤回を要求。朝廷もそれに沿う動きを見せるまでは行った。

しかし、これを受けて、せっかく政権を握りかけていた薩長と公家が黙って見ているはずがない。

「近藤さん、大久保や岩倉は早々に動く。慶喜公とて黙ってはいまい。戦になるぞ」

「オレはこんな身ゆえ、新撰組を率いてその場に赴《おもむ》くことはまかりならん。歳、おまえが仕切ってくれ」

「ヤツらと戦うには大量の銃が絶対に必要だ。日頃から隊士に訓練はさせていたが、肝心の銃が足りない。近藤さん、何とかできるのか」

「それは……急には無理だ」

「負けるとわかっている戦をせよと？」

「負けるわけにはいかんのだ！」

「隊費を使うが、いいな。手に入るだけの銃を集める」

慶応四年（一九六八年）
京都。下鳥羽の街道で、そこを封鎖していた薩摩藩の兵士たちと幕府大目付滝川具挙が衝突。銃声を皮切りに戦いは始まった。控えていた幕府軍の数、一万五千。新政府軍は五千。幕府軍が数で新政府軍を圧倒しており、負けるはずのない戦だった。
その少し前、私は一足先に近藤さんのいない新撰組を率いて伏見へ向かっていた。既に引火の気配は色濃く、物々しい気の中、道中を駆け抜ける。そこで、思いもよらぬことが起こった。

総司が撃たれた。

まだ本格的な戦乱が起こる前だった。道端の薮にまみれて隠れていた少数の薩摩兵士が、新撰組の「誠」の文字を見て動揺し発砲。誰もが気づかず歩を進めていた中で、総司だけが刹那的に察知し、新撰組隊士の前に立ちはだかった。銃弾は総司の腕を直撃し、羽織から血と共に煙が舞い上がった。焼け焦げた肉と火薬の匂いがあたりに漂う。急所ははずれている。だが、尋常ではない量の血が流れていた。とてもこのまま参戦できる状態ではない。

総司は朦朧《もうろう》とした意識の中、焦点の合わぬ目で涙を流し私の腕をつかんだ。強く握りすぎて真っ白くなった指が、こわばったまま動かない。声を絞り出し、叫んだ。

「この先へ行きたい。みんなと一緒に戦いたい」

「心配せずとも、戦いはまだまだ続くのだ。早く体を整えるのが先決だ」

「それでも、それでも……」

「そんなおまえを連れて行ったら、隊の足手まといになる。行け！」

有無を言わせず総司を大阪へ搬送させた。負傷した体をようよう支えながら、総司の目が、静かに閉じられるのを見た。志を遂げられぬ涙。私にはそれが、自分の運命をあきらめと共に受け入れることを了承した目に思え、生まれて初めて、魂に痛みを感じた。

伏見に着いた時にはもう幕府軍は大混乱しており、戦う以前に場を把握するので精一杯の状態だった。誇りであった幕府軍の一万五千の数が、入り組んだ細い路地で裏目に出た。前に進むこともままならず、てんでんばらばらの動きでむやみに刀や銃を振り回している。蓋を開けてみれば、幕府軍の統制を計るべき総指揮官がいない。団子状態になった幕府軍の前に薩摩兵たちが壁を作ってとり囲み、ここぞとばかりに銃で乱れ撃ちしている。味方が、成すすべなく崩れ落ちていく。

「人垣に臆するな。身を低くし、間をぬって前へ進め！　薩摩の小銃隊を討ち取らねばらちが明かん」

ようやく方向が決まって進み始めた時、何者かが叫ぶ。

「大目付滝川具挙《たきがわともあき》、〝逃亡〟」

火種をまいたのはあんただろうに。ついてきた味方を見殺しにして逃げるとは、つくづく情けない心根。残ったものに、すべての後始末をさせる気か。

「聞くな。敵をよく見ろ。こんなところで犬死にするなよ！」

新撰組は人の波を掻き分け、前に出た。目の前にいたのは薩摩小銃隊。その数、ざっと八百。

「数に蹴落とされるな。銃の腕はおまえたちの方が上だ。それを信じて発砲しろ。脇に寄り、前列にいるヤツから狙え」

隊士は銃を撃ちながら必死で応戦した。けれど、どうしようもない現実が見える。戦局はあきらかに薩摩に傾いていた。幕府軍は戦略、戦術とも劣っていた。この戦いは、続ければ続けるほど味方が死ぬ。

撃ちながら走りこんだ新撰組を見て、幕府軍が突入してくる。ああ、でも、刀を手に奇声を上げて立ちはだかるばかりでは、殺せと言っているようなものだ。だから、銃が必要だと言ったのに。

「歩兵隊と会津藩に道を譲ってやれ」

そう静かに隊士に告げ、脇で援護に回らせた。こんな戦でむざむざと死んでたまるか。

戦いは新政府軍の勝利で終焉した。新撰組は隊士を二名失った。この瞬間、幕府軍は賊軍となったのだ。

鳥羽・伏見での敗戦後、陸軍副総裁である榎本武揚により、新撰組は旗艦開陽丸で江戸へと引き上げられた。志半ばで銃弾を受け搬送された総司も、快癒を待たずに新撰組へ戻り、同じく江戸へ向かった。しかし総司の体は怪我だけでなく、病にによっても冒されていた。病巣は胸を蝕《むしば》み、次第に範囲を拡大しながら体を覆い尽くした。総司は立ち上がることもままならず、床に伏すしかなかった。

新政府軍・陸軍軍事総裁となった勝海舟が事態の収拾に走り回る傍ら、新撰組は幕府より甲府城を中心とした甲府鎮護を命じられた。鎮護とは表向きの名目で、実際は甲府を幕府の支配下に置く手はずとして。敗戦という大打撃を食らった今も尚、慶喜公はあきらめてはいない。すべての者に「上様」と呼ばれなければ気が済まない程、ご自分の世にこだわるお方だ、一度は手にしたものをそう簡単に手放すことなどできまい。

尊皇攘夷か。薩長が口々に振りかざす言葉。

「この世を、この国を変える」

それに背中を押され勢いづいた者たちが次々と集まり、大きな勢力となり、政治の中心をひっくり返しつつある。

ふうん。オレは別に構わんが。変わりさえすればすぐに来るはずの理想郷が、本当に見えるのか試してみればいい。

自分にとってどんなに苦しい世であろうと、そこに生まれるにはちゃんと意味がある。どんな境遇でも、人はそこで立ち向かう理由を宿してここに来る。決着は、己自身がつけねばならぬ。薩長の唱える主張は、確かに人々の苦を払拭してくれる良い話かもしれない。だが、そんなものは富くじと同じだ。莫大な富が手に入れば、自分の問題はすべて解決するのにと描く夢の傍らで、もし本当にそれが手に入った時、豊かな暮らしと引き換えに、失うものも、叶わぬものも、依然として在り続けることを人は知らない。政治がどう変わっても、きっと戦は無くならない。暮らしの格差も無くなりはしない。なぜならこの世は、人の心でできているものだから。

それならば私は、己の精神と向き合い、一対一で格闘せねばならない今の世を選ぶ。試されているのだ。どの世でも、どんな境遇でも、己は自分の足で立っているのかと。

それでも、どうしても世を変えるというのなら見てやろう。新しき世の様を。変化など、怖れるに足りぬ。ただ、前に進むのみ。

大政奉還を経たことで、新撰組もその隊士も何らかの形を変えなければ生きてもおられぬこととなった。新撰組はその名を潜め、甲府鎮護の一団として。さらに近藤さんも私も名を変えた。

屈辱?!　笑止。

形や名を変えることなど、何のこだわりもない。そんなものは肉体を包む着物と同じ。私自身は何一つ変わらない。私がやりたいのは、いつの時でも、どんな世であろうと、それをそのまま見据えることだ。

新撰組は一時的に名を甲陽鎮撫隊と改名。幕府は大砲二門、小銃五百挺、軍資金五千両を甲陽鎮撫隊に託した。私にはそれが、どう見ても宝の持ち腐れにしか思えなかった。急遽募った隊士はわずか二百名余り。新撰組で訓練を受けていた者ならまだしも、人数をあてても有り余るほどの武器と金。

鳥羽・伏見の戦いで、統率のつかない味方の軍勢がどれほど混乱し、戦力にならなかったか、忘れたとは言わせない。二百の隊士を迎え撃つ、敵の数はいかほどか。だいたいの察しはつく。武器や金、以前の問題だ。使いこなせなければ、意味などないのに。土壇場になって放出できる財力があるなら、さっさと出すものを出していればよかったのだ。まだ、間に合ううちに。そうすれば、戦局はここまで悪化しなかっただろう。事が起こってから慌てたのでは、もう遅いのだ。

煮詰めて事を進めることも叶わないまま、近藤さんは二百名余りの隊士を引き連れ甲府城へと進軍した。兵力を考えれば、勝機はただ一つ、甲府城に篭城し城を守るしかない。しかしながら、幕府が出遅れたのは兵力や武器の見通しだけではなかった。甲府への進軍の指示も遅れた上、当の甲府鎮撫隊は甲府への道のりの途中、途中で毎度留まり、気楽な酒宴などをしていた。

「近藤さん、事を見誤るな。事態は切迫しているのだぞ。こんなところで休んでいては、甲府城が落ちてしまう」

「大丈夫だ」

「大丈夫なものか。大政奉還、そしてそれ以降の度重なる戦を見てわからぬのか。ヤツらはバカではない。こちらの戦略を見越して、必ず先手を打ってくる。急がねばならんのだ、近藤さん！」

「鳥羽・伏見での負け戦で皆傷ついているのだよ、歳。この戦とて、どうなるものかわからん。お上から賜った、身に余る軍資金がせめてもの救いなのだ。戦に染まるだけでは、人はやっては行けん。心を慰め、明日への力を養って何が悪い」

「正気で言っているのか。始めから、どうなるものかわからんと局長が思っている戦など、勝てるわけがない。戦いに染まるだけではやっていけない？　今さら、何を。覚悟の上に身を染めたのではないのか？」

「それでも……負けたではないか。おまえが率いて戦っても駄目だったのだ。皆の落胆は計り知れない」

「負けが怖くて、戦いなどできるものか。ついてくる結果に一々動揺していたのでは、その先には行けない。その場で朽ち果てるのみだ。もっとも、今から思想を改め、新政府軍に与《くみ》するというなら別だが」

「そんなことができるものか！」

「ならば、その中途半端な撓《たわ》みは何なのだ。迷いは伝染するぞ。逡巡は道を踏み外す。オレは別に、どちらでもよいぞ。どちらかにきっぱり決めてくれれば、それでよい。何を一番に据えるか、それが問題なのだ。宴など、甲府が終わってからいくらでもやればいい。この一時が、勝負を分ける。そのために行くのだろう？　オレは、最初から無意味だとわかっている戦など、やるつもりはない」

「おまえのように常に自分を律しながら、士気を持続させられる者などいないのだよ、歳。皆、ひどく疲れているのだ。休息とて、必要だ」

こういう会話をしていると、人の真実が一体どれなのかわからなくなる。勝つことに固執し、命を落とすことに何より怖れを感じる者たちが、より過酷な死に向かって近づいていく。目の前に、一本の道がある。そこにたどり着くまでの方法さえ見える。でも人はそこに行きたいと言いながら、単純明快なその道を進むのを怠る。私の声は届かなかった。

戦状はある意味、私の言う通りに動いた。甲府城を目の前にし、伝令が伝えてきた言葉に、近藤さんは呆然と立ち尽くした。

「甲府城が落ちました！　官軍の東山道軍が城を占拠。甲府城への道にも軍勢が立ちはだかっています！」

もはや、篭城どころの話ではなかった。その城にさえ行き着けぬ。甲陽鎮撫隊は圧倒的に不利な中、わずかの隊士のみで野戦に持ち込むより手立てがなくなったのだ。押し上げてくる新政府軍の軍勢に立ち向かいつつ、活路を見出し進もうとするも、多勢に四方を取り囲まれあっけなく撃退。隊は壊滅状態に陥った。

合戦をかいくぐり、なんとか生き残った者たちだけが、散り散りに江戸へ逃げ帰っていく。私も馬を飛ばし、急ぎ江戸へ向かった。


網の目のような官軍の探索を縫ってなんとか江戸へ帰り着いた近藤さんは、残っている幕府の歩兵らを集めようと必死だった。甲府での戦いがどう映ったのか、殺気さえ放ちながら、声高々に歩兵に激を飛ばして奔走している。元新撰組の永倉新八、原田左之介らも江戸へと逃げ延びたが、新しい隊への入隊を断り、離れていった。それをものともせず、近藤さんは何かに取りつかれたように打倒官軍を訴え、走った。

それは一見、甲府での戦いの前に見せた弱気を一掃する、本来の強さの復活にも見えるものだったが、私の中にはどうにもいぶかしい思いが残った。この、高揚ぶり。危うい気がした。それというのも私は、甲府を離れる時、方々に逃げ惑う隊士たちの中に走り去っていく近藤さんを見たのだ。近藤さんの目は空虚で完全に色を失い、体は恐怖に戦慄《わなな》いていた。今になって急に、その思いに決着がついたとは思えなかった。

狂気か。でも、だからと言って、彼をなだめたところで何になろう。止めても、別の居場所などどこにもないのだから。恐怖が根底にあるための自暴自棄は、いかに憎しみや怒りに転化しようとも、苦しみとなって再び身に降りかかってくる。近藤さんが自分で決着をつけねば、その苦しみからは逃れられない。

近藤さんは私を含めた幕府の歩兵たちを下総国流山に集めた。きびきびと隊列に指示しながら、「官軍などとほざき、いい気になっているヤツらを野放しにしておくまい！」と怒声さえ響かせて。その殺気立った目の色が歩兵に移る。兵士らは自分では何がなにやらわからずに、狂気に触発されていきり立つ。

「近藤さん、ここでヤツらに取り囲まれては面倒なことになる。頭を使って目立たぬように進めるべきだ」

「何をほざく。怖気《おじけ》づいたか、歳！」

まさか。旧幕府軍兵士が物々しく集まっているのを知られれば、当然ヤツらは来る。戦闘になるならまだいい。詰め寄られ、問いただされて吊るし上げられるのは、局長である近藤さん、あんたなんだ。その先が、見えないのか。

それでも、近藤さんは突っぱねた。何ものにも屈しない強い姿勢。だがこれは幻だ。熱に冒されたような目で、近藤さんは声を張り続けた。

私は預言者ではないが、先のことは見える。ほどなくして、我々のにわかの集まりは新幕府軍に包囲された。首謀者を尋ねられ、近藤さんが前へ進み出た。

「大久保大和である」

改名したその名前を言った途端、近藤さんは初めて現実に戻った。時は官軍が吠える尊皇攘夷の世になった。まっとうな思想と主張のもと戦い続けたはずの我らは、賊軍として排除されるべきものに成り下がった。思いだけでは、もうこの現実と大きな流れは変えられないという事実。今さら与することはできない。さすれば、選択は明確に二つしかないのだ。新撰組局長近藤勇をこの場で名乗り、その名で切腹するか、大久保大和を押し通し、出頭するか。

近藤さんは目の前にある逃れようのないものと闘っていた。誇りと、恐れと、意志と、この世に生きる定めをふるいにかけ、必死に選ぼうとしていた。

「そら、見たことか」。そんな思いが私の中で像を結ぼうとした瞬間、パシッという音に乗せて首の後ろを風が通って行った。私は「はっ」とし、佇《たたず》んだ。

挑戦、なのか？

この男が今生に抱えてきたもの。それをどうするかが、この男がここに生まれてきた理由なのか。長きにわたり、心の奥底で自分を苦しめてきた呪縛を解き放つこと。この男の魂はそれをやろうとしていた。無意識に、敢えて険しき道に己をおいて。尊き魂の鍛錬。傍で見ている人間はそれを尊重するほかない。それならば、私が見届けよう。

近藤さんは目を閉じてしばし間を置き、……まっすぐに私を見た。久しぶりに見る、正気の強い目だった。

「オレはここでは死ねない。時間をくれ」

その目は、そう言っていた。私は静かに頷き、同意した。それが逃げとは、思わなかった。たとえその選択がより過酷な道でも、選ぶ理由があるのだと感じた。

近藤さんは官軍に連行され、政府軍本営に出頭した。

大久保大和の名を通し尋問に答えていたが、いつぞや葬り去ったはずの御陵衛士の生き残りが、大久保大和を新撰組局長近藤勇と看破。土佐藩と薩摩藩の間で近藤勇の処遇をどのようにするか意見が分かれたものの、最後には沙汰が出た。

近藤勇、斬首。

近藤勇と看破された時、近藤さんはニヤリと笑ったという。その時すでに、近藤さんはそうなることを受け入れていたのだと思う。

近藤勇斬首の沙汰が出てから、それが執行されるまでの間、私は人知れず念じ続けた。身を宿していた屋敷の縁側で、夜にふと降り立ってきた言葉。

「思決華流《しけつかりゅう》」。

笹の葉が揺れる音と鮮やかな緑色。それが心に入ってくる。その言葉を近藤さんに届けろと、目に見えぬ誰かが言った。私は思いを彼方に飛ばし、近藤さんに送り続けた。

――あんたには、大きな仕事が残っている。やり遂げてくれよ。

人が生きていてもっとも恐ろしいのは、殺されるまでの日々を生きることかもしれない。近藤さんが選んだ道は、敢えてそうなった。彼は最後の最後に気づいたのだ。この世に生まれてきた理由を。死をそのまま受け入れるために生まれてきた、自分の定めを。人一倍死を怖れる男の魂は、その難問を克服することを今生の壁に据え、挑戦しにやってきた。越えられる強さと光を奥底に携えて。

それが今、開いた。

目を閉じて闇に焦点を合わせ、呼吸を整えて静かに座せば、彼方にいる近藤さんの姿が脳裏に浮かんでくる。動揺しては、いないな。嘆いても、いない。近藤さんが、今までの自分の生き様をしみじみと思い返しているのがわかる。

剣術の腕を磨くことも、人を斬ることも、戦いに勝つことも、彼の執着はいつでも、怖れの裏返しだった。見るのがあまりに恐ろしくて、いつも心の片隅にありながら目を背けてきたもの。奇妙なことにそれは、遠ざければ遠ざけるほど目の前に何度も現れ、自分を苦しめた。もがくのは、楽になりたかったから。けれど、どんなにもがいても、それは消えてはくれなかった。それどころか、まるでその恐怖を煽《あお》るかのような出来事が、次から次へと自分の身に訪れる。

なぜならそれは、彼の魂が自ら道筋をつけたものだったから。いつか、それを克服するためにに。向き合うしかないのだと。戦乱の世に身を置き、あちらからも、こちらからも出口をふさがれ、彼の逃げ場はなくなった。頭をかきむしるほどの苦しみ。身の毛がよだつ恐怖。まぎれもない死を突きつけられ、彼はとうとう座した。逃げるのではなく、受け入れるために座した。

覚悟のもとに深く息を吸い込めば、不思議と心は澄んでいる。正面から見つめ、忌み嫌っていた亡霊を自分の中に迎え入れる。「さぁ！　来い」。口元にわずかな笑みさえ浮かべて。彼はとうとう、死もろとも、己の全部をそのまま飲み込んだ。

苦悶の末に受け入れることを認めた死は、もはや彼の心を悩ませる恐怖の亡霊ではなくなっていた。魂の解放。橙色の光が増し、まばゆいばかりの黄金へ変わる。光が燦燦《さんさん》と降りそそがれる。一歩を越える、その強さの美しいこと。

通ったな。これを乗り越えられる者など、そうはいないんだぜ、近藤さん。

死を待つ男の魂から、まばゆいばかりの光があふれ出ている。思決華流。思い決すれば、華、水を流れるがごとし。流れを食い止めようともがいた必死の抵抗をやめれば、華は行くべきところへ静かに流れていく。


慶応四年（一八六八年）五月十七日。新撰組局長　近藤勇　斬首。

近藤さんを慕う隊士ら数名が、あまりの悲しみに黙って待つことに耐えられず、身を潜めてその場に駆けつけた。

戻ってきた隊士が嗚咽をもらしながら、流れる涙をそのままに私に言った。

「言い残すことはないか、の問いに、局長はただ一言、〝楽しかったなぁ〟としみじみ申されました。新撰組局長にふさわしい、立派な最後でした」

隊士はそう言うと、泣きながらその場に崩れ落ちた。

「そうか」

平常の声で答える。涙など出るものか。大業を成しえて行ったのだ。このめでたき門出を悲しむなどできぬではないか。

――近藤さん。オレはそれを、ちゃんと見届けたぞ。

近藤さんが新政府軍に囚われている間に、情勢は再び大きく動いていた。江戸城が無血開城をもってこれまでの歴史に終止符を打った。私は数名の新撰組隊士を引き連れ、大鳥圭介率いる旧幕府脱走軍と合流。戦いで足を負傷し、しばしの療養を余儀なくされていた。

近藤さんの死の知らせを受けて、一ヶ月ほどたった頃だったろうか。ふと思い立ち、思うように動かぬ足をひきずって、江戸で静養中の総司のもとを訪ねた。

春の陽だまりが渦を作って土をあたためている。

床について寝ていると思っていた総司は庭にいた。寝間着の胸をはだけ、ほつれた髪も気にせずに、庭にいる黒猫に太刀を向けていた。目が見えていないかのように、振り回しても、振り回しても、黒猫からはほど遠く、掠りさえもしない。ぜいぜいと肩で息をしながら、青白い顔で呆けたように佇む総司がそこにいた。

「ずい分と、威勢のよいことだな」

「歳さん！」

「寝ていなくてよいのか、そんな青い顔をして」

「歳さんこそ、足をどうされたのですか」

「宇都宮で負傷した。たいしたことはない。それよりもおまえ、ここで何をしていた」

「ぼくは剣士だから。寝ているだけでは剣の腕が鈍ると思って。でも……もう、斬れないのです。猫いっぴきに、掠りもしない」

「何もせぬ猫を、斬るような男でもないくせに。いいからここへ来て座れ」

二人して縁側に腰掛け、しばらく黙っていた。鹿威《ししおどし》の竹が合わさる音と、ちょろちょろと池に落ちる微かな水の響きだけがあった。先ほどの黒猫が身軽に塀の上に飛び乗り、あくびをしながらこちらを見下ろしている。

「ここはまるで、人の世から隔離された幻のようなところです。皆、体に障ると言って何も教えてくれない」

「幻か、くっくっ、これはいい。かえって好都合ではないか。この世のことなど、知らないに限る。おまえのことだ、雑多な出来事など耳に入れば養生どころではなくなる」

「局長はお元気でいらっしゃいますか？」

「……ああ、相変わらずだ」

「それはようございました。甲府鎮撫隊として甲府へ向かわれる前に、ここに見舞いに来てくださったのです。局長はおやさしい方ですね。姿を見た時、ぼくは涙が出そうになりました。こうして病床に倒れ、隊の役に立たないぼくを、わざわざ見舞ってくれたのですから。

それ以来、とんと気配が感じられないので心配していたのですが、そうですか、お元気でいらっしゃるのですね。よかった」

「人のことを心配している場合か。早く病を治して新撰組に戻って来い」

「ぼくはもう、そう長くは生きられない。わかるのです、自分のことだから」

「新撰組一番隊組長が聞いてあきれる。気弱なことをいう」

「ちがうのです。ぼくは……こうなることを知っていました。前に歳さんに言ったでしょう？　自分の思いが届かぬことが、病を呼ぶと」

「……」

「ぼくは、自分で思っていたより強情な男だったみたいです。定めを知っているのに、こうして刀を振ろうとする。まだ、手放せないものがある」

「心配するな。人は皆、そうだ」

「幼少の頃より剣の道に入り、鍛錬を積んできました。ぼくは剣の腕を磨くことで、人の役に立てると思った。新撰組の隊士として、皆と共にこの世を生きたかった」

「その通りに、なったではないか」

「歳さんは知っているのでしょう？　ぼくがこの世に抱えてきたものは、本当はそれではないことを。歳さんは以前ぼくに、おまえは子供に学問でも教えていた方がいいのではないかと言いましたね」

「ああ」

「それは歳さんが、ぼくが持つものが、今の使い方ではいつか滞ると知っていたからだ」

「わかっているのなら、言おう。おまえの魂が持っている力は慈愛の光。それは、戦い、人を斬るためのものではない。ただ在るだけで人の心を包み、何かを思い出させ、己に立ち返らせるものであったのに。それなのにおまえは、この争いの場にわざわざ身をやつし、自ら人を斬らねばならなくなった」

「斬ることは、迷いがありませんでした。そう、決めたのです。何か一つでもいい、私ができることをやりたかった。それが自分の運命に反することでも、ぼくが斬ることで誰かを救えるなら、新撰組が進んでいけるなら、それでも構わなかった」

「自分から、人身御供になったか。それでは頭で納得していても、おまえの魂が泣くであろう。斬ることを己の枷《かせ》として背負い、こうして、斬って流した血のすべてを自分で吐いて償い、傷む」

「構いませんでした」

「人間が、それほどのものか。おまえの光が浮いてしまうほどに、人間は稚拙で愚かだというのに。一緒にいて人の澱に触れ、血に染まることに何の意味がある。その光を、ただ流しているだけでは不満なのか」

「ぼくと歳さんは正反対ですね。歳さんは人を疎ましいと思い、ぼくは人を愛しいと思う。人はかけがえのないものです。あたたかくて、やっかいで、愚かで、愛しい。ぼくのそばにはいつも人がいた。それがぼくの幸せでした。それだけで、どんなものも跳ね除けられると思っていました。運命さえも。ぼくが望んでいたのは、ゆるやかな時間の中、床について逝くことなどではなく、戦場で死ぬことだった。貫けると思っていたのに。こうして静かに己と向き合えば、人との別れが辛くなる」

「おまえのような者が、なぜこんな世に生まれてきた」

「は、は。それはたぶん……挑戦です」

「挑戦か。おまえも、そう言うか」

「誰もが抱えてくるのです。己の魂に学ぶべきものを宿して。たとえどんなことがあろうとも、己の奥に光る魂のままに生きられるかという。でもぼくは魂よりも、人間としての自分の思いで生きた。自我を越えることができませんでした。ぼくの持っているものと、人を斬ること、その矛盾を知りながら、隊を離れ自分だけ戦いと関係のない暮らしをすることなどできなかった。その執着を手放せませんでした。この病は、矛盾の結果生じた、ぼくの腫瘍なのです」

「寺子屋の師範がイヤなら、仏門にでも入ればよかったのだ。そこでなら、おまえの持っている光を誰にも邪魔されずに極められただろうに」

「それでもぼくは、たとえ人を斬ってでも、人間として生きたかった。この土の上で学びたかったのです。だから、悔いはありません」

やわらかい風が吹いていた。

陽射しが雲の輪郭をあまりに鮮やかに際立たせるから、空の青も、空気の透明さも霞んで、まるで夢のように揺らいでいる。総司が小さく微笑んで朗じた。

「動かねば闇にへだつや花と水」

「人間として病に伏せば、闇に隔絶され花の色も水の流れも感じられぬと⁈　いいや、総司。おまえには見えるはずだ。どんな場所にいようとも、目を閉じて感じてみろ。その闇を通して、真に見える花や水を捉えろ。そこには、おまえ自身の光があたった美しい色が見えるはず。己の魂をその手につかめ。人間としての自分に屈するな。闇を、超えてゆけ」

「……ああ、そうですね。ぼくはずっと自分の魂の声を蔑《ないがし》ろにしてきたけれど、そろそろ仲良くしなければ。ぼくの中にあるもの。それで、できる。肉体をもって見、つかめなくても、魂で花や水や人を慈しみましょう。見える、ちゃんと見える。感じるものには光があたる。どこにいても同じだ」

そういう総司の顔は平安そのもので、今、ここに存在していることさえあやふやな、不思議な空間を作り出していた。

「歳さんは、己の魂のままに生きていますね。だけど、ぼくは少し心配だ」

「なぜだ」

「歳さんには皆のような、当たり前の執着がないから。歳さんをこの世に結びつけるものが何もない。死さえも怖れていない。死を怖れぬ人は、自分を究極まで追う。もっとご自分を労《いた》わらなければ」

「己の進む先に死が待っているとしたら、受け入れるだけのことだ。終わりが来る前に、やるべきことをやる。考えている暇などない」

「歳さんからは、心ではなく魂の孤独がいつも漂っている。それは、決して理解されることのない、永遠の孤独です。人は人といることで孤独を紛らわせ、温まることができるのに、歳さんのその孤独は、生きている限り、消えることはない」

「オレの好きな歌の話を、前にしたか」

「ええ。でも、歳さんはその時、教えてくれなかったけれど」

「思ふこと　言わでぞただに　やみぬべき　我とひとしき　人しなければ」

「魂の孤独を飲み込むと?!　理解を求めず、その孤独を抱えたまま、貫くつもりなのですね。ふぅ。人間として生きているのに。人間にはとても無理な道を行く。歳さん、あなたと言う人は……まったく、呆れるお人ですね」

「呆れる?! くっくっ、これはいい。オレに呆れるなどと言えるのは、総司、おまえだけだ。人は誰も、オレに軽口は叩けぬゆえ」

「ぼくがもう少し長く生きられたら、歳さんと、もっと笑ったり、泣いたり、できたかもしれないのになぁ」

「来世で甦って来い、総司。まごうことなき魂を響かせるために、もう一度挑戦しに来い。でなければ、オレはおまえが死ぬのを認めぬ」

「ふっ。わかりました、歳さん。必ずや来世でもう一度、お会い致しましょう」

総司の青がみるみる深くなり、静かに宙《そら》に合するのが見えた。


それから数週間後、総司は逝った。

誰もが欲しがる類稀《たぐいまれ》なものを持ちながら、ただの人でありたいと逝った男。あまりに聡明な男は、自分のすべてを知っていながら、病を選んだ。惜しいことを。そんな男が生きるには、確かにこの世は難儀なところだ。だが、総司。私は、半端は認めない。おまえの使命はまだ果たされていない。魂が全開になる黎明に向かって、再び体制を整えて来い。

雲間から漏れ出でた陽明に向い、鳶《とび》が舞っている。空に響き渡る澄んだ鳴き声が、総司の返事に聞こえた。

慶応四年（一八六八年）八月

宇都宮での戦いに続き、今度は会津での戦乱が激化していた。幕府軍の中でもこの会津に残って戦い続けるか、新たな道へと進むかで分裂が始まっていた。すでに多くの幕府軍が新政府軍に屈服している。新撰組も離脱者が後を絶たず、私の元に変わらずいたのは島田魁始め、数名の隊士のみであった。

私は会津を早々に離れる決断をした。もはや、ここでの幕府軍の統制はまったく取れておらず、誰もが混乱と打ちひしがれた思いを引きずって士気は下がる一方。頼みの援軍も門前払いときては、戦い抜く道がない。この重々しい気の滞りをばっさりと断ち切り、一刻も早く新たな場へ踏み出さねばならぬ。

会津に忠誠を尽くして果てるべき、との意見が上がる中、私と数名の新撰組隊士は仙台で榎本釜次郎（武揚）率いる幕府軍と合流した。背中に、「卑怯者！　会津を見捨てるのか！」との罵倒を受けながら。

味方が分裂していて満足に戦えもしないのに、ここに残ることに何の意味がある。残念ながら、私が忠誠を誓っているのは会津藩ではない。池田屋で頃合を見計らってわざわざ遅れて突入してきた時点で、会津藩の新撰組への信頼度は見えていた。所詮、いつでも切り捨てられる小さな駒の一つでしかないのなら、私はもっと先へ行く。

仙台で榎本釜次郎は言った。

「新たな地を求めて、蝦夷地へ向かおう」

蝦夷か。はるばる海を越え、見たこともない地へ。それもよかろう。

髪も着物も、邪魔なものはすべて切り落とした。私には、蝦夷で動き、走る自分の姿がありありと見えていた。そのために、いらぬものは捨てた。さらなる、手放せるだけの執着を手放し、向かうは北。そして、ここからの私の記憶はより鮮明だ。なぜかは知らぬ。ただ、人は命の終わりに近い順番から、色濃く覚えているものなのかもしれない。

十月

地獄を思わせるどす黒い空。強風が舞い、大雨が叩きつける中、船はただ一点を目指して航行を続けていた。一路、蝦夷地へ。悪天候による航海の危険を理由に、何度も引き返しの案が駆け巡ったが、私を含めた強行派が断固として譲らなかった。この空の黒は吉兆と感じた。機会とは、思うほどそう易々とは訪れない。その一瞬の決断がすべてを決し、また、一瞬の逡巡が築き上げたすべてを壊す。それが今なのだ。今、なんとしても、あの北の地にたどり着かなければ。

七艘の戦艦と三千人の兵士が蝦夷へ向かった。陸が見える。あの向こうに、我らが開く地がある。

当初、上陸地は箱館とされたが、却下を承知で進言した。箱館は活発な貿易港であるという。土地勘もない自分たちがいきなり上陸し、混乱を招いて交戦にでもなれば面倒なことになる。何度も同じ過ちを繰り返すほど無益なことはない。この艦隊を有効に活用し、こちらに有利な体制を築きながらの上陸でなければ。

珍しく意見が通った。どこかもっと地の利に叶った上陸地点はないか。地図を辿ると、箱館の反対側にあたる場所に「鷲《わし》の木」という漁村があった。山を隔てて箱館の町と対になる地理は戦略を立てるには都合がよい。また、後から新政府軍の援軍が海を渡って来ることを読めば、ここから左右に広がる海岸線が絶壁というのも使える。第一艦隊の到達点はそこに決まった。

嵐のような渦潮の海を乗り越え、幕府軍は無事、蝦夷地へたどり着いた。十月だというのに、浜にはうっすらと雪が積もっている。目の前には、美しい稜線を持つ山が肌に真っ白な雪をまとい超然と聳《そび》えていた。船上から見たその風景は限りなく静かで、浮世を越え、遥か太古に舞い戻ったかのような奇妙な感覚に襲われた。

艦隊はそのまま二日間海上に停泊し、様子を覗った。この地の出方を探るつもりであったが、物々しい雰囲気は微塵もせぬどころか、たまに老人がとぼとぼと浜に出て、海上の我らに気づき腰を抜かして慌てているくらいだった。

ここには戦火の気配がない。そう見取った私は新撰組を伴い、大鳥圭介率いる軍と上陸を開始した。私は新撰組隊士に念を押した。

「戦意のない者たちに、むやみに銃や刀を振りかざすなよ。新撰組の法度を忘れるな」

もう、無駄なものは一切いらない。余計な思いの濁りが混じれば混じるほど、事は成す前に簡単に潰れて行くだろう。それだけ、我々幕府軍には後がない。だが、退路のない進行ほど、前に進ませるものもない。

静々と進行する上陸の一方で、徹底した警戒線が張られた。新政府軍の息のかかった軍隊がいつ攻めてくるか。大鳥軍や新撰組は「幕府陸軍」として、方々に兵士を潜り込ませて偵察した。まずは、箱館府をいかに掌中に握るか。今ある箱館府の兵力はさほど強力とは思えなかった。幕府軍の思惑としては、未開の地が多くある蝦夷の開拓許可を得るという名目で嘆願書を箱館政府に提出し、実権を乗っ取るのが早道、というものだった。それは、新政府の援軍が外からやって来る前であれば、十分可能だと思われた。わずかの時間で事は決まり、嘆願書も出された。

だが、返事は来ない。幕府陸軍は箱館へ向かって進軍を開始した。

黙って鷲の木で待っているつもりは幕府陸軍にはなかった。前へ、前へ。何らかの応答があるにせよ、それを聞いてから動いたのでは遅い。

私は間道軍総督に任ぜられ、新撰組を引きつれ進む。

鷲の木から数時間、歩き続けていた我らのもとに、遠くから近づいてくる黒い点。人だ。ものすごい顔で息を切らしながら近づいてくると、声を絞り出すように叫んだ。

「人見勝太郎率いる先発隊、峠下にて、待ち構えていた新政府軍の攻撃に遭いました！」

軍に緊張が走る。政府軍には、嘆願状など受け入れる意志はないものと見える。ならば、実力行使で行くしかあるまい。

総督、大鳥圭介が即座に発声。

「急ぎ、峠下へ向かうぞ。人見隊に加勢せよ！　最短距離を取って下本道を抜ける。土方軍は逆を回れ。川汲《かっくみ》を通って箱館へ向かえ。敵が待ち受けるのはこの先も本道の可能性が強い。戦闘があった場合でも、必ずどちらかが箱館府のある柳野城へたどり着き陣を乗っ取るため、二手に分かれる」

「承知」

的確な判断、いい指示だ。事を成しえるために、もっとも効率のよい戦法をその場ではじき出せるのは勝利の必須条件。一陣の風が勝機を呼ぶ。うまく、事が運ぶ予感がする。

土方軍はきびすを返して今来た道を急ぎ戻った。寒さは厳しく、時折、風に乗って雪が舞い上がる。これから先は、何が待っているかもわからぬ。それでも、兵士たちの顔は怯んではいなかった。この土地の気の質なのか、蝦夷に着いてから兵士らの顔が良い具合に引き締まった気がする。新たな出発にしては上出来の流れだ。

村といえども、山と谷と何もない大地が遥か先まで連なるのを見、隊列を乱さず進んでいるうちに、気負いも、不安も、いらぬものが落ちて心が静まっていく。風を吸って歩くごとに、ひたひたと気力が漲《みなぎ》る。

夜にさしかかり、川汲で陣営を張った土方軍は、まだ夜が明けきらぬうちに早々に出立。川汲峠にさしかかったところで、待ち構えていた新政府軍と激突した。やはり、ここにも張っていやがったな。

戦闘が始まってすぐにわかった。この地の新政府軍勢は戦いに慣れていない。恐怖で白くなった顔をして、むやみやたらに突っ込んでくる。戦い方はずさんなものだった。おそらく、頭で戦法だけを叩き込まれ、戦場へ向かわされたのだろう。官軍の軍服の奥で心臓が驚くほど速く波打っているのがわかる。心と頭と体がバラバラで、動きはまるで人形のようだった。

見ていて痛々しいほどに。

官軍め！　管理不行き届きだ。志の満ちていない者たちを先槍《さきやり》に仕立て、戦いなどさせやがって。ふん、本来なら、もっと相手を選ぶところだが。悪いが、先を急ぐ身なのだ。

「敵は戦いに慣れていない。叩き潰せ！」

我ら幕府軍は場数を踏んでいた。こんな場にいちいち慌てはしない。今さら動揺の何ものもない兵士たちは向かって来る新政府軍の動きを見切り、次々に仕留めてゆく。

川汲峠は幕府軍の圧勝で方がついた。実際に戦ったのは半分に満たなかった。残りの官軍兵士は戦局を見取るやあっという間に怯み、顔に恐怖を貼りつかせて敗走していった。私は後を追わせなかった。この者たちが無事箱館府へ帰りついたとしても、官軍の戦力が増すわけではない。

急ぎ、箱館、柳野城へ走る。

途中で大鳥軍からの伝令が走り込んで来た。

「大鳥軍、峠下、大野村での戦闘、いずれも勝利し、柳野城へ進軍しております！」

歓声が上がる。進む足が力強くなる。

どれほど歩いたであろうか。海沿いを通り、箱館の町、湯の川に入った。町は武器を持って押し寄せてきた幕府軍の軍勢に戦き、にぎやかなはずの港町の雰囲気は跡形もなく消え去っていた。張り詰めた空気の中、なだらかな丘陵をのぼり、箱館府のある柳野城へ向かう進路を再度確認する。

その矢先、思わぬ報告が入った。

「箱館府知事　清水谷公考《しみずだにきんなる》、柳野城を放棄。青森へ逃走したものと思われます！」

幕府軍兵士が飛び上がり、手に手を取って叫ぶ。

「幕府軍の勝利だ！　城を取ったぞ！」

その横で私は、聞こえないほどのため息をついていた。もちろん、箱館府知事にだ。自軍の敗走を知って怖気づいたか。

この揺らぎ。去っていった清水谷公考の思いが、残像のように残っていた。ふって湧いた城を守るという名誉を賜り、驚喜する思いと、見知らぬ蝦夷などという辺境に就かされた不満。それらは収集のつかぬまま、そこにあった。定まらぬ思いは、一度背負ったものを簡単に放棄するという結果に至った。その事の大きさもわからずに、通っていない者が、なぜ城など守る。そんな者は己の未来もないと思った方がいい。

そしてこの揺らぎは、箱館府知事のみならず、敵も味方も関係なく、この場、この時代すべてを覆っている波でもあった。この魔の気配を、感じるものはいないのか。

私の心中を知る由もなく、土方軍兵士たちの突き抜けるような表情と喜びは留まることがない。新天地蝦夷へ悪天候の危険な航海の末になんとか辿り着き、小さいなりにも合戦を交えながら進み続け、やっと聞こえた朗報。長い間の緊張の糸がようやく緩んだのだ、無理もない。

土方軍は、合流した大鳥軍と共に柳野城へ無血入城を果たした。見事なまでのがらんどう。城はもぬけの殻だった。それでも、総督大鳥圭介はそこらに響き渡る大声で勝どきをあげた。幕府軍総兵士の声がそれに続く。鳥羽・伏見、甲府、会津と立て続けに敗戦を強いられてきた新撰組隊士も例に漏れず、久方ぶりの戦果に喜びを隠せない様子だ。数千の声が地響きとなり、地を揺るがした。幕府軍は、蝦夷に上陸してからわずか六日で箱館の城を占拠したのである。

府のあった箱館奉行所に集結し、周りを見渡す。徳川家定公の命により築かれたという亀田役所土塁（五稜郭）は、誠に美しいものだった。屈強な石垣の上に盛られた土塁と周りを囲む堀が大きな五角形を作っている。五……星、五芒星か。欲を言えば、一つ飛び出た半月堡《はんげつほ》がいらない。あるいはそれがあと四つあれば、完璧だったのだが。この形、実質的な城壁の目的だけでなく、おそらくは呪術的な意味合いをも兼ね備えてのことだろう。

――おもしろい。

柳野城占拠後、幕府軍はただちに動いた。蝦夷地を領し、城下を構えている松前藩。蝦夷を手中に収め、統括するためには、この城を陥落させねばならぬ。松前城は政府軍の拠点。海からの新政府軍の上陸、並びに進撃に際し重要な足がかりとして利用されるにちがいないのだ。

降伏するよう書状が使わされたにも関わらず、松前藩は拒否。

箱館府もそうだが、拒否するだけの力があってのことなのか。断るからには、少しは手ごたえがあるのだろうな。今の勢いを持つ幕府軍を相手取るのは容易なことではないと思うが。

二日と間を置かず、松前藩に向けて挙兵した。

私は司令官として、七百名の兵士を率いて城を捕りに向かった。鷲の木から川汲、箱館、そして松前と、休む間もなく膨大な距離を歩き続ける兵士の疲れも懸念されたが、幕府軍に流れが傾いている今、悠長に休んでいる暇などなかった。これに拍車をかけたのは当の兵士たちで、柳野城占拠がよほどのこと彼らの胸に響いたらしく、松前行きを志願する兵士たちは後をたたなかった。

我らの軍は箱館を出発し、七重浜、知内《しりうち》を走る海岸線に沿って進む進路を取った。季節は秋から冬へ。冬の蝦夷の寒さはとてつもなく厳しい。海沿いにはたいした建造物もない分、海からの極寒の気に乗った風が、雪もろとも顔に体に容赦なく吹きつける。気力がなければ、寒さで潰れるほどの行路だ。兵士らは足に油紙を巻いて靴を履き、吹きすさぶ風に凍てついた顔で満足にしゃべることもできずに、ひたすらに歩いた。

初日は知内までが限界だった。宿営を張り、凍える兵士たちを休ませる。低温ですべてがキラキラと凍りつく夜をやりすごすために、持ってきていた酒を一人一杯ずつ振る舞い、体を温める。

「難儀な道をよく歩いた。酒を振舞うが、一杯ずつだ。二杯目が飲みたければ、全員どんなことをしてでも箱館まで帰りつけ。その前に、松前福山城を取るぞ！」

「おうっ！」

兵士たちの声は明るい。その声が天に届いたのか、海風が止んだ。周りを木々で囲まれた平地が、ほんの一瞬やわらかくなる。木の上で鴉《からす》が鳴いた。とうに巣に帰る時間であろうに。鴉は執拗に何度も、何度も低く鳴く。私を見て鳴くのか。

ある、予感がした。

「酒を飲んで少しは体が温まったか」

「はいっ！」

笑う兵士たちに同じく笑顔で答えながら、言う。

「先の柳野城は無血入城。それでは、せっかくのおまえたちの士気は行き場を失うだろう。

松前まではまだ遠い。今宵の寒さは耐えがたい。だから、体を動かす準備をしておけ」

「はっ?!」

「闇討ちだ。頭に叩き込んでおけ。いつ何が起こったとて、直ちに応戦できるよう整えておけ。こんなところで息絶えるのはイヤだろう? ならば、戦い、勝つことだ」

兵士の顔に緊張が走る。早くも、銃を持ち構える者たちもいる。

「一同、無言のまま待て。寝ているように設え、様子をみる。警戒を怠るな!」

声は軍全体に伝えられ、まもなく、おかしなほどの静寂が闇夜を覆った。目だけがギラギラと光っている、音のない闇。

それから数時間。嘘のように松前藩兵士が攻め込んできた。奇襲にはちがいなかったが、満を持して待っていた幕府軍の敵ではなかった。松前藩兵士は、向かってくるそばから幕府軍に撃たれ、斬り落とされていく。箱館の軍よりは気鋭があると見たが、戦慣れした我らとは同じには渡りあえない。逃げた兵士はいち早く松前に向かったはずだ。ぐずぐずしてはおられぬ。

その後、福島村での戦闘にも打ち勝ち、幕府軍はいよいよ松前福山城下へと歩を進めた。

眼前に広がるのは、わが国最北の城と謳われる松前福山城。城郭に重きを置いた箱館の柳野城とはちがい、城たる要素を存分に出した建築。徳川の色がそこに見える。小ぶりではあるが、見事な城だった。異国の襲撃に備えての防備か、七座の砲台が覗える。

だが、瞬時に私の頭の中で戦略が動き始める。この規模では、篭城は無理だな。立派な砲台も、逆手に取れば裏目に出るはず。

幕府軍は左右に細く開けながら、一気に松前福山城に向かって突き進んだ。

松前藩は徹底抗戦の構えで、城から攻撃をしかけてくる。

「目標を定めさせるな。広がりながら進め」

案の定、威力はあるものの、大砲の照準は甘い。城から仕掛けてくる軍勢とて、一対一では、力の差が歴然としていた。この城の規模だ。数も、無尽蔵にいるわけではあるまい。味方の中にも砲弾に倒れるものが相次いで出ていたが、時間が進むうち、あきらかなる戦局が見えてきた。

幕府軍は城の中へは入らなかった。

事を読み、事前に手を打っていた。松前の海岸には幕府軍の戦艦、蟠龍《ばんりゅう》、回天が控えており、福山城の誇る美しい楼閣《ろうかく》と砲台に向かって正確な照準を合わせると、海からの援護射撃を開始した。福山城はひとたまりもない。自慢の城と砲台が、攻撃の格好の的となったのだ。

戦闘はものの数時間で決着がついた。

松前崇広を城主とする松前藩は城下に火を放ち、江差《えさし》へと逃げた。箱館柳野城を占拠してから、一週間後のことであった。

幕府軍は追撃の手を緩めず、江差へ向かった。

大鳥圭介の率いる軍勢も合流し、江差の館城へと逃げ延びた松前藩主ならびにその残党を一挙に制圧すべく、集結。榎本釜次郎率いる幕府戦艦「開陽丸」も江差沖へと向かっていた。

蝦夷地に来た時と同じように、鉛色の雲の下、海がうねりを上げて荒れ狂っている。

私は大鳥さんと共に、江差の岸壁に立ち、彼方に浮かぶ黒い戦艦を見守っていた。風に立ち向かい進んでくる開陽丸。三本の帆柱に張られた帆が上に下に見え隠れし、波に翻弄されている。

その最中、大きく船体が傾いた。息を飲み込む間に、戦艦はみるみる均衡を失い、その姿を海原に沈めていく。

「座礁《ざしょう》か?!　なんということ！」

大鳥圭介はそう叫ぶと、傍らにあった木をこぶしで何度も殴りつけた。

「なんたること！　なんたること！！」

――何をしている。

私の中に、怒りがこみ上げた。自慢の戦艦も威力を発揮する前に沈んだのでは話にならない。あの嵐の中、我らはちゃんとこの地にたどり着いた。気持ちか、船を操る技術か、何かが足りなかったのだ。この大事な時に。

けれど、沈んだ船を相手にいくら嘆いてもしかたがない。戦局は我らの手中にあるままなのだ。戦艦ひとつなくとも、さっさと江差を制圧すればいい話だ。

「大鳥さん、相手方とて、狙える砲台はないのだ。力はもう残ってはいない。一気に攻め上げ、確固たる勝利を持ち帰ろうぞ」

「うむ」

まだ気落ちを隠せない大鳥さんを起こし、兵を集める。

動き出してみれば、戦艦が沈もうが、今の幕府軍には何の影響もなかった。幕府軍の追撃に抵抗するすべを持たぬ松前藩は、詰め寄られてようやく降伏。幕府軍は江差の占拠に成功した。

我らは勝利を手に再び松前福山城に舞い戻り、やっとつかの間の休息を体に与えた。皆が長き疲れを癒すように、泥のごとく眠った。

開陽丸が座礁したにもかかわらず、榎本釜次郎は無事生き残っていた。この幕府軍の勝利を形あるものにすべく、箱館府に各国領事を招いて「蝦夷地平定祝賀会」なる大々的な会を執り行うという。

その開催に合わせ、我ら幕府軍は松前より箱館柳野城へ向かって凱旋を行った。暮れも迫った十二月十五日。

誰の目も輝いている、晴れやかな凱旋であった。

この日を期に、幕府軍は箱館柳野城を本陣とする「蝦夷共和国」を成立。朝廷より蝦夷地開拓の正式な許可が下りるまでの措置として、まずは選挙が行われ、新箱館政府における幹部が決定した。

榎本釜次郎（武揚）は総裁に、大鳥圭介は陸軍奉行となった。私は大鳥圭介に継ぐ陸軍副総裁を拝命し、同時に箱館市中取締役も兼任することとなった。

蝦夷地に来てからの快進撃。開陽丸の座礁を除いてすべてが思い通りに進んだ総裁はもとより、大鳥さんまでが勝利に酔い、毎晩祝杯を揚げている。その余裕の表情をよそに、私はいまいましい気持ちでいた。新政府軍がまだ攻めてきてもいないのに、勝利も何もあったものではない。本番はこれからなのだ。手放しで浮かれている意味がわからない。

今の喜びがすべてか。いや、そうではなかろう。人間には果てのない煩悩がある。これで終わりにしたいとは、誰も思っていないはず。それなのに人は、どうしていつでも目先の出来事に溺れ、その先に目をつぶるのだろう。刹那を楽しめるのは人間の特権だと総司は言った。だが、幹部となった今なら尚のこと、我々が背負っているのは並大抵の未来ではない。

仲間に入れようと上気した笑顔で誘ってくる大鳥さんを躱《かわ》し、町へ出た。

私が市中警護の見回りに行くときはいつでも、新撰組の隊士がついてきた。中でもでかい図体をした島田魁は、命も受けておらぬのに護衛のごとく必ず従う。

島田は永倉さんと共に新撰組入りを果たした輩で、池田屋襲撃に伴う古高の捕縛や、鳥羽・伏見での戦いでその力を持って豪快に立ち回り、戦い抜いてきた男だ。

「ついて来なくてよい。オレは遊びに行くのだ。無粋な真似はしないでもらおう」

「花街に行くのか。土方さんはおなごに大層評判がよいから。我が行っても誰にも相手にされぬのに、土方さんを待っているおなごはたくさんおる。今日は、土方さんは来ないのかと、我が聞かれる。ふう、やるせない。見目のちがいか」

「いらぬことをべらべらと。さっさと帰ってくれ」

後ろを振り返らず、歩く。港町は夕暮れを迎えていた。風に乗って流れてくる潮の香り。深緑から黒に変わっていく静かな海の先には、花街のぼんぼりのような提灯が連なり、にぎにぎしく道を照らしている。どこからか響いてくる三味線の音。

置屋に入ると、女将がうやうやしく声をかけてくる。

「土方さん、いつもありがとうございます」

「貸し座敷にしてくれ」

「承知いたしました。お二階の右手へどうぞ」

座敷を貸切り、芸妓は呼ばずに一人、ちろちろと酒を飲む。閉ざされた一人の空間が無性に落ち着く。そこへ、静寂を打ち破る声。

「あのう、土方さん。お連れさんがお待ちですけれど、どうなさいます？」

見れば、くそ真面目な顔をした島田魁が、座敷の手前で立ち続けている。

「なぜついてくる」

「我は帰らぬ。護衛でそばにおるのだ」

ため息と共に声を発した。

「島田さんよ、若い剣士でもあるまいに、あんた、オレの護衛なんてするタマじゃねぇだろう」

座敷に入ると、島田はかしこまったなりで酌をした。

「いいよ、ここは無礼講で」

島田の顔がにやりと緩む。

「こうしてあらためて土方さんと話をするのは、これが初めてかもしれんな」

笑いながら話す顔はくったくがなく、まるで友に話しかけるごとくの気さくな風情で、不思議と会話を自然なものにしてしまう。こんなヤツがいたことを、今さら気づく。

「島田さんは何だかんだ言って、ずっと新撰組にいるな。いつぞやは有頂天になった近藤さんに物申し、永倉さんと共に松平公に訴え出たではないか。永倉さんも近藤さんもいない新撰組に、今もいるとは」

「古いことを申すな。あの時の局長は、誰かが戒めねば、増長するばかりだった。それで言ったまでのこと。行いや言動がまっとうになれば、それでよかった。局長も、永倉さんも、我にとっては大きな方ゆえ。その気持ちは今も変わらぬ。だが、彼らがいなければ立たぬ己でもないのでの」

「くっくっ、尊敬はするが、己とは別か。体がでかいばかりかと思えば、見るものは見ているらしい」

「体がでかいばかりだと⁈　それはひどい。あんたは辛辣な男だな、土方さん。もっとも、それはずっと前から知っていたが。我はこうして、いつもあんたの護衛をしているというのに、たいそうな扱いだわな、やれやれ」

「頼んでもいないのに、なぜ護衛など。オレのそばにいたって、華々しい未来などないのに」

「知っているさ」

「知っている?!　あっはっは、よくもぬけぬけと言えたものだ」

「我は近藤さんとも、永倉さんともちがう。こんなことを言えば、あんたは怒って我を斬るかもしれんが……」

「なんだ、言ってみろよ」

「心に正直に申すに、我はどちらでもよいのだ。維新軍の掲げる志、新撰組の掲げる志、そのどちらの定義も、我には本当のところ、よくわからぬ。我は定義ではなく、人を見、己を見て歩いているのだ」

「それで、新撰組と地獄まで行くのか。くっくっ」

「それも、よくわからぬ。我は新撰組というよりも、土方さん、あんたを見て歩いているのだ」

「オレが人嫌いなのは知っているよな」

「ああ、そばにいるだけでも、鬱陶しく思うのであろう？　でも、我は陸軍副総裁たるお方を、ただお守りしているだけだ。それは我の勝手だからな」

「なんだか嘘くさい理由だな。あんた、そんなガラじゃねぇだろう。何を考えている。正直に言えよ」

「これは約束であるからなぁ。そう簡単に破るわけにはなぁ」

「御託を並べるな。オレを誰だと思っている。言わねば、今、この場で叩き斬る」

「ほら、言わんこっちゃない。お前は短腹だの。もそっと気長に事を決められんのか」

「早く言え！」

「いやはや、しょうがないのぉ。我がここにいる理由、それは、総司に頼まれたからだ」

「総司だと?!」

「ああ、そうだ。我は総司が亡くなる前、千駄ヶ谷の家に呼ばれた。総司はこう言った。

『あなたは生きる。だから、死を恐れぬ歳さんのそばにいて、守ってあげてください』と」

「ほぉ、総司はあんたが生き抜くと読んでいたか。オレを守れなどと、戯言を頼んだものだ」

「戯れ言？　ちがうな。土方さん、総司はあんたをそう簡単には死なせないと言っているのだ。死を恐れぬ者に、生きろと言っているのだ。だから我は、あんたがみすみす死に飛び込まぬよう、見ているというわけだ」

「それでオレのそばにいるとは、律儀なものだな」

「最初は、総司の遺言だと思い、行動していた。我だって、年下の者の警護をするなど、おもしろくないとも思ったさ。しかし土方さん、あんたを見ていると、総司の言葉がわかるような気がしたよ。現に、我がそれ以来、影のようにそばにいることを、今まであんたはちっとも気づかなかった。あんたは自分の目に映るものしか見ていない。周りにいる者のことなど、考えることはない。あんたが察知するのは、自分や他に対して流される不穏なものに対してなのだ。守られているなど、よもや思いはしないだろうよ。はっはっは」

「へらず口を叩く」

「総司は我に言ったのだ。『歳さんのそばにいれば、この世でなかなか見ることのできない、きわめて稀《まれ》な強さと光を見ることができる』と。そして我に、それを見ていれば己の学びができると言った。つまり、あんたが死ねば、我は学ぶことができなくなる。生きていてもらわねば困るのだ。はっはっは」

「とんだ屁理屈だな。二十も年下の者の言葉を鵜呑みにするとは、あきれたものだ」

「年など、何の関係もない。総司は良い男だった。我はあいつの言うことは正しいと思う」

「それだけで信じられるのか」

「信じる、信じないは問題ではない。我がそう感じた、それだけで十分だ。我は総司の言葉を心に置いて、土方さん、あんたを見てきた。あんたには、誰にも持てない光があるのさ」

「他人に助けてもらうつもりはない」

「これも御託だが……」

「まだ、あるか」

「我は納得できぬものには沿えない、頑固な男だ。沿うからには、何事にも屈しない強さだけはある」

「総司も、面倒なものを押し付けるものよ」

「我のことは、ただの影と思えばいい」

「そんな鬱陶しい影があるものか。そのでかい成りで、弁慶でもあるまいし」

「弁慶？　これは滑稽なことを言う。我が弁慶ならあんたは義経か。冗談だろう。義経公はもっと繊細でやさしげなお人であったろうよ。あんたは言うなら信長だ」

「くく……信長。狂気のごとく己を貫き通した武将か。それがオレか。これは笑いが止まらぬ。あんた、その意味するところがわかるか」

「いや」

「その先にあるのは、破滅だ。この世とは、そういうところだ」

「さて、それはどうだか」

「？」

「信長の破滅は頷ける。けどな、土方さん、あんたはどうかな。信長は自分が破滅するなどとは思いもよらなかったろう。でも、おまえさんは知っている。それで敢えてその道を辿るとしたら、それはただの……」

「ただの？」

「負け犬じゃ！」

「なんだと」

「この世に生まれてきて、ただただ破滅を待つなど人生を投げているも同然。それは負けじゃ。だが、あんたは知っている。自分のことも、この世のことも。忌み嫌っても、この世にあるものを排除などできないことを。だからこうして、我とも話をしているのだろう？」

「……」

「確かに、初めて見たときのあんたは、目が合っただけで斬られると思うほどに殺気が漲っていた。人を寄せ付けぬばかりか、この世のすべてを遮断しようとしているような鋭さをいつも張り巡らしておった。我は怖かったのだ。傍から見ているだけで精一杯だったのだ。だが、いつの頃からか、土方さんは遠くを見るようになった。それはそれは、寂しげな顔をして。静かに、人を、人がそこにいることを黙認するようになった」

「やめろ。オレは何も変わっていない」

「本質はな。しかし、どこかちがう部分がきっと、変わったのだ。自分では気づかぬうちに。おそらく、総司や近藤さんと出会って、知らず知らずのうちに変わったのだ。彼らは、良い者たちであったから。だからあんたは、人をいくらかは好きになったのだろうよ。」

「人間を好きに?!　馬鹿を言うな。反吐《へど》が出るわ」

「好きに語弊があるならば、あきらめた」

「あきらめた?!」

「この世には、どこに行っても人がいる。共に生きるしかないとあきらめたんだろう」

「オレは共に生きているつもりはない」

「それでも、生きているのさ。土方さんはこうして、人の中にいる」

「ふん」

「あんたは、夜空に浮かぶ月であればよかったのだ。それならば、一人美しい光を放って、そこにいるだけでよかった。でも、この世には人がいる。誰かと関わらずにはいられない。土方さん、あんたはその強靭な精神でもって、人の中でただ一人、月であろうとしていた。決して揺るがず、己の光のままを貫こうとする。誰も並べる者はいない。人はそこまでは行けない。できっこないのだ。だが、総司は言っていた。抜きん出ることに意味を持たない者にとって、その賞賛は悲しみにしかならないと。そう生まれてきた者に、ほかの生き方はできないのだと。この世で生きることは、あんたにとっては途方もない苦しみだろう。それでもあんたは生きている。我はそのずば抜けた剣の腕や、陸軍副総裁にまで上り詰めたその度量や、類稀なる強い精神そのものよりも、それを携えて立つ苦しみを背負ってもなお、ここに生きる土方さんを敬う。我はせっかくだからその光を見届けようと思うてな」

「あんたは馬鹿なのか利口なのかわからん男だな」

「よく、言われるな」

「島田さん、あんたの中には何もないのだな。人が持つ淀みも、華やかな花も」

「ははは、我は何も隠さぬゆえ。人の酸いも甘いも噛みしめながら、そのままで流され、くるくる回ってここにきただけじゃ。我は泥にまみれて生きる草なれば、それをまっとうするのみ」

「ありのままで、泥にまみれて生きる草、か。そんな生き方も、あるのだな……」

三味線の音色に、男の笑い声と女の嬌声が混じる。窓から外を覗くと、女たちが妖艶な笑みでそろりと歩み寄ってきて、客の袖をつかんでいる。箱館の町は貿易港だけあって、どこの誰かもわからぬ者たちをさして恐れもせずに受け入れる。それどころか、新しく政府を作った幕府軍の者たち相手に、商魂逞《たくま》しくちゃんと金を落とさせる。

そんな町だから、私や島田のような一風変わった輩《やから》でも、苦しまずに過ごせたのかもしれない。

できることなら戦火もなく、このまま動かぬ世で暮らせたら、町の者たちもその明るさを消さずに済むが、そうはいかない冷たい影がすぐそこに迫ってきている。

一八六九年四月
ついにその時がきた。

乙部の海に新政府軍が上陸。その数二千。

三月。盛岡の宮古湾に戦艦と共に出兵した箱館幕府軍が大敗を帰してからひと月ばかりの時であった。箱館奉行所指令本部では、戦々恐々の中、ばたばたと人が駆け巡っていた。

――何をあせる。

来ると思っていた。それが今だっただけだ。

宮古に出撃した以上、なりを潜めていると思われていた箱館政府軍は、負けたとはいえ機動力も兵力もあることを新政府軍に知らしめたのだ。潰しにかかるのは必定。来たら、抗戦するのみ。

それをあらかじめ想定していた私は、島田らと共に、箱館を囲む海岸、港を回り、新政府軍上陸に備えて砦に最適であると思われる場所、策を練っていた。新政府軍は数と兵器に物を言わせ、ごり押しで押し上げてくるはず。ならば、少人数で効率的に戦う術とはいかに。

大鳥圭介が叫んだ。

「我は木古内《きこない》へ向かう。土方、おまえは」

「私は二股口《ふたまたぐち》へ」

「二股口?!」

「敵は乙部から江差を通ってこの箱館をめざす。その前に二股口ですべて討つ」

私は三百名の兵を連れ、大野へ向かった。途中、乙部が落ちたと伝令が入る。乙部に配置されていたのはわずか三十数名。無理もない。

二股口は間に幅広の川を置く切り立った山であった。兵を連れ、上まで駆け上がる。背後からの奇襲は不可能、そして、上からの見通しはすこぶる良く、この位置から下を歩く者すべてを狙い打ちできる。斜面が急なため、敵が反撃するには真上に向けて発砲しなければならず、ほとんど弾は届かない。前もって掘らせておいた穴は敵からは見えず、砦の役目を果たす。

「さぁ、いつでも来い」

皆に聞こえるよう言うと、三百の兵士たちの顔が引き締まる。

「鉄砲に自信のない者は我先にここへ並べ。ここはめったにないほど、敵の弾が当たらん砦。練習するにはもってこいだぞ。一匹、一匹、確実に仕留めていけ!」

その言葉に、島田魁が真っ先に笑う。皆の肩の力がいい具合に抜けた。兵士たちも一息、ふうとだけ息を吐き、持ち場についた。

気配を消して待つこと数時。押し殺しても聞こえてくる革靴の音。馬のひづめの音。やがて、数百の敵勢の頭が見えてきた。

――やれ。

無言の合図と共に、ずらりと並んだ鉄砲隊が発砲する。どこから攻撃しているのか見えないのか、敵軍は動揺し、頭を動かしながらバラバラに動き始めた。

一匹、一匹。躊躇のない指から発射される弾が、見事に敵兵を打ち抜いていく。倒れる。落ちる。山の上からの発砲とようやく見取ったところで、成す術もない。狙おうと構えたところで、すでに上から弾が降ってくる。

敵の一軍は瞬く間に落ちた。

それから幾日。敵の軍勢がどれほど来ても、すべてが土方軍二股口砦の前に崩れ去った。弾薬の数が三万を越え、日が何度昇り沈みしても、土方軍は負けなかった。

奇襲ができない場所だけに兵士たちは休息も取れる。戦いのその日数、十余日。気力は十分。どれほどまでも戦える。是が非でもここで敵を食い止め、壊滅させ、箱館政府軍の力を見せてやらねばならぬ。誰もが、そう思った。その結束が土方軍をここまでのものにしたのだ。

だがしかし、終わりを告げる声は意外なところから届いた。

「木古内が落ちました。大鳥軍、敗北！　敵軍勢が箱館へと進撃を始めました」

――敗北、か。では、ここの退路もまもなく断たれるな。

それまで張り詰めていた兵士の顔が、一挙に沈む。構わず命令した。

「撤退だ。急ぎ箱館へ戻る。箱館を、守らねばならぬ！」

1869年五月
新政府軍、箱館一斉攻撃。

箱館山の裏手から奇襲をしかけてきた新政府軍が箱館の街に侵入。それを機に、箱館湾、七重浜からも続々と上陸。津軽海峡からも艦砲射撃が飛び、その砲撃が箱館奉行所にまで届いた。集中砲火は街を焼き、圧倒的な数の新政府軍が意気揚々と乗り込んできた。

私は一本木に新たに兵を出陣。港からはい上がってくる敵の撃破にあたった。島田は函館湾に入ってくる敵戦艦を、弁天岬台場より攻撃する方にまわった。

一本木にて陣を張るも、味方兵士の顔には既に、疲労困憊《こんぱい》、恐怖の色が濃くなってきていた。

鳴り続ける大砲の音。あちこちで上がる火。子どもの泣く声。人の嘆く声。すすり泣き。

だんだんとうつろになっていく兵士たちの目に、涙が落ちるのを見る。

そこに、新たな伝令。

「陸軍副総裁！　敵戦艦の朝陽が、弁天岬台場からの砲撃に屈し、落ちました！　朝陽が黒煙を上げて、沈みました！」

――島田め、やったな。

馬上から兵士たちを見る。朝陽撃沈を喜ぶ余裕すらなく、すすけた顔で、荒い息で、どこともしれない何かに目だけ向けている。

静かに、想う。

辛いか。

怖いか。

苦しいか。

されど。

逃げ場などないのだ。終わりだと決めたら、そこで己に負ける。それを決めた瞬間、心は亡者に成り果てる。

負けるな。

立て、己の足で。

逃げれば、すべてが恐怖に変わる。迫りくる死の恐怖に、みすみす己を明け渡すつもりか。

それでは……おまえたちのこれまでの犠牲が、悲しみが、浮かばれないではないか！

貫け。

貫け。

貫け。

歯を食いしばり、前を向き、今ある目の前に立ち向かえ。

気づいたら、叫んでいた。

「朝陽が沈んだ。勝機はこちらにあり！　この機会を逃すな！」

立ちはだかる。もはや、気力を失った兵士たちが後ずさる。

敗走する者が後を絶たない。それでも。

馬上で刀を抜き、叫んだ。

「我、この柵にありて、退くものを斬る」

恐怖に戦く者たちの中で、一人の小者がひょこひょこと前に出た。間に合わせの薄汚れた着物を尻までまくりあげ、わらじを履く足が赤くただれている。

「陸軍副総裁様、お願いでございます！」

突然の小者の出現に、まわりの者たちが瞬く間に取り押さえ、羽交い絞めにする。

「よい。放してやれ。おまえ、名は」

「我は下野《しもつけ》の池上正作と申します。我は逃げません。退きません。ここに踏みとどまって最後まで戦います。だから、だから、陸軍副総裁様にお願いがございます！」

「何だ、言ってみろ」

「どうか、我の手を握ってくだされ。我は死ぬかもしれねぇ。でも、もし、もし生きて帰れたら、下野のおっかあに教えてやりてぇんでございます。我は陸軍副総裁、土方歳三さまに、あの方にお会いして、手を握ってもらったと。我には何もねぇ。何も持っちゃいねぇ。だから、だから、その話をおっかあに伝えてやりてぇんです。お願いです」

名を名乗っても、誰も振り向きもしない小者。それが、すべてを投げ打ちこの場に留まるという。その糧が、私の手。そんなものが、己を支えると？　名でも光でもなく、その些細な事柄一つを胸に懸命に立とうとするその姿に、涙が出た。なぜかはわからん。

無言でかがむ。

池野正作はただでさえ高い馬の上にいる私に、爪先立ち、必死で手を伸ばした。手が、がさがさと荒れきった手が、しっかりと私の手を握った。

その刹那。

乾いた雷が私の体を貫いた。

衝撃。

それから、闇になった。


肉体を持っていた時の私の記憶はここまでだ。

痛みも想いもなかった。

還る、還る、還る。

宙へ。元いた場所へ還る。

広い。

とても静かだ。

黒に浸る。

どこかで、虹色の泡がはじける音が聞こえる。

星の生まれる音か。殻を破って飛び出る、魂の音か。

そして、ようやく思い出す。

我は冥府の長なり。

闇を司る者なり。

我の魂。人の世を終えて、今、ここに還る。

わずかな不純さえ許さぬ、漆黒の闇。粋美の闇。ああ、ここが私の場所。人はこの闇をずい分と怖れていた。

時の感覚がまるでない世界。ふと魂の目を向けると、青色に輝くぼうっとしたものがきらきらと光を震わせながら近づいてくる。それはただの光の塊でしかなかったが、私にはそれが何なのかすぐにわかった。

「総司。おまえ、天女にでもなったのか」

「歳さん、よくぞ参られましたね」

遥か下の方で、泣いている者たちがいる。すすり泣きながら討ち死にした者の着物を脱がせ、私の亡骸を隠そうと包んでいる。

「我は貫いた」

「ええ。貫いたのです。でも人の世でそれをすれば、死は早く来る。そうやって生きてきた歳さんの心の臓は、鉄砲で打たれずとも、どのみち持たなかったのですよ」

「鉄砲で撃たれたのか」

遠くで、島田の声が聞こえる。生きていたか。島田がぼろ布で包まれた私の体に追いすがって大声で泣いている。

「我が、そばにいなかったから。土方さん、すまん。総司、すまん」

島田、言っただろう。おまえごときに守ってもらう我ではないと。

我の亡骸がひっそりと、どこかに運ばれている。深く、深く穴を掘ってその亡骸を埋める。

「誰にも見つからず、決して掘り起こされない場所」と誰かが言った。

山の上、草にまみれたその場所は、二股口。

島田が言う。

「永遠に、永遠に、その存在を知らしめ、ここに眠る」

我と総司の魂は、静かにそれを感じている。

「島田さんは生きます。あの方はこの動乱の時代を持ち前の性分で生き抜き、僧侶になられます。きっと、ずっと歳さんを弔《とむら》いながら」

「総司、おまえがいらぬことを言うから、最後まであいつは我を見て生きることになった」

「それも、あの方の性分であり、学びなのですよ。歳さん」

「我は人として生まれ、人になりきれなかった」

「あなたは、闇を司る冥府の魂。人として生まれても、それがあまりに強く香るために、どこかで、人と自分との隔たりを感じずにはいられなかった。そのちがいを埋めるために心を封印し、魂のみで生きようとなさったのです。しかし、この宇宙にあるあなたの魂の光のままでは、あまりに強すぎて人間とは和合できない。人として生きるために、心に開くものがほかにあったのです。でもあなたはそれを開くことよりも、曲線だらけの人の世の中で、一人、直線を通すことを選んだ」

「我は人の濁りが許せなかった。弱いくせに、外側ばかり取り繕い、足元を見失ったまま生きている者たちに我慢できなかった。だが……」

「だが？」

「人はそれでも、懸命に生きていた。そのために生まれる濁りは、多種様々な色が合わさり、生み出されているもの。一つ一つは、澄んでいる色であった」

「そう。だから歳さんはここに帰って来られた」

「魂のみの今ならば、感じることができる。たとえ濁りでも、道を見失いがちな進み方でも、それでも、その懸命さが愛しいと」

白銀の光が溢れている。私はその白銀を魂にまとう。すべてがあるべき姿のまま、ただそこにある。この秩序。この純度。無駄なものは何もない。心は開放され、風が行き交うごとし。ああ、なんと気持ちのよい。これは私の追い求めていたもの。それはここにあった。

「我は、人に生まれ、人に成りきれず。いつか再び、人の世に降り立ち、挑まなければならぬまい。鍵を開かねばなるまい。魂のままに、人として笑い、泣き、生きるという心の鍵を。我は不完全を好まぬ。まだ、人の世を掌握しておらぬゆえ」

総司が微笑んで頷いた。

「私も同じです。再び降り立つその時が満ちるまで、我らは宙に浮かび、人の世を見守ることにいたしましょう」

人の世の旅を終えて見た光は、肉体を持つ身ではついぞ感じることができなかった、やわらかな愛に満ちていた。その光が、私を抱きしめる。そこはようやく安らげる世界。しだいに遠のいていく記憶。その彼方の、霞む世界の中にあるもの。

ああ、二股口に花が咲いている。

オニシモツケ草。

遠く下野の地より人を伝い、泥と汗にまみれた種が芽を吹き、花開いている。

人が暗褐色に染まりながら生み出した花は、こんなにも白く美しい。

土方歳三《ひじかたとしぞう》

～われ天空《てんくう》にありて～

七浜《ななはま》　凪《なぎ》

明窓出版

平成二十二年七月十五日初版発行

発行者――増本　利博
発行所――明窓出版株式会社
〒一六四―〇〇一二
東京都中野区本町六―二七―一三
電話　（〇三）三三八〇―八三〇三
ＦＡＸ（〇三）三三八〇―六四二四
振替　〇〇一六〇―一―一九二七六六

印刷所――シナノ印刷株式会社

落丁・乱丁はお取り替えいたします。
定価はカバーに表示してあります。

ISBN978-4-89634-265-9

ホームページ http://meisou.com